Das Buch

Als sie mit ihren Eltern in die langweilige Kleinstadt Smithville ziehen müssen, sind die zehnjährige Abby und ihr kleiner Bruder Jonah erst mal gar nicht begeistert: Die Kinder in der Schule unterhalten sich in der Pause über völlig andere Dinge als ihre Freunde in Chicago. Und ein anständiges Erdnussbuttersandwich mit Bananen kriegt hier auch niemand hin! Doch als die Geschwister im Keller ihres Hauses einen geheimnisvollen Spiegel entdecken, hat die Langeweile ein Ende. Denn der Spiegel ist ein Tor in die Märchenwelt. Ehe Abby und Jonah sichs versehen, stehen sie Schneewittchen gegenüber. Die ist in Wirklichkeit noch viel schöner als im Märchen – und will gerade in den rotbackigen Apfel beißen, der doch giftig ist. Das können Abby und ihr Bruder natürlich nicht zulassen. Aber ihr beherzter Versuch, Schneewittchen zu retten, hat schlimme Folgen. Zum Beispiel müssen die Kinder der traurigen Prinzessin jetzt helfen, ihren Traumprinzen zu finden. Und die böse Stiefmutter ist ihnen auch schon auf den Fersen. Ihnen bleibt nur wenig Zeit, ehe die Eltern ihr Verschwinden bemerken …

Die Autorin

Sarah Mlynowski ist in Kanada geboren und aufgewachsen. Bereits während ihrer Studienzeit schrieb sie für ein Wochenmagazin. Sie arbeitete zunächst im Bereich Marketing, bevor sie nach New York übersiedelte und Schriftstellerin wurde. Mit ihrem Traumprinzen und ihren Töchtern (die Märchen genauso lieben wie ihre Mutter) lebt Sarah Mlynowski im Herzen Manhattans.

Lieferbare Titel

978-3-453-31423-8 – Zehn Dinge, die wir lieber nicht getan hätten

Sarah Mlynowski

Abby und Schneewittchen in Gefahr

Roman

Aus dem Amerikanischen
von Stefanie Lemke

HEYNE

Die Originalausgabe erscheint unter dem Titel
Whatever after – Fairest of all bei Scholastic, New York

Redaktion: Sabine Kranzow
Umschlaggestaltung: t.mutzenbach design, München,
unter Verwendung einer Illustration von © Nina Dulleck
Satz: Leingärtner, Nabburg
Druck und Bindung: GGP Media GmbH, Pößneck
Printed in Germany

ISBN: 978-3-453-31454-2

www.heyne-fliegt.de

Für Jessica Braun
P. S.: Lies (für immer!)

Prolog

Das ist kein Scherz

Es war einmal vor langer, langer Zeit, da war mein Leben noch ganz normal.

Doch dann wurden wir vom Spiegel in unserem Keller verschluckt.

Ihr glaubt, das soll ein Scherz sein? Ihr glaubt, ich denke mir das bloß aus? Das glaubt ihr doch, oder?

Ihr denkt wahrscheinlich: Ähm, Abby, Spiegel fressen für gewöhnlich niemanden einfach so auf. Sie hängen nur an der Wand und spiegeln irgendwas.

Tja, aber da irrt ihr euch. Da irrt ihr euch nämlich GEWALTIG.

Alles, was ich euch hier erzählen werde, ist die Wahrheit und nichts als die Wahrheit. Ich denke mir nichts aus. Ich bin keine Lügnerin und auch keine Verrückte, die meint, sie würde die Wahrheit erzählen, obwohl das in Wirklichkeit gar nicht stimmt. Ich bin nämlich eine sehr vernünftige Person. Vernünftig und gerecht. Das muss ich auch sein, denn wenn ich einmal groß bin, werde ich Richterin. Na ja, zuerst einmal werde ich Anwältin und dann Richterin. Das ist nämlich so vorgeschrieben.

Also. Ich bin eine äußerst vernünftige, äußerst praktisch veranlagte, äußerst *un*-verrückte Zehnjährige. Mein Leben ist nur total durcheinander, seitdem meine Eltern mich gezwungen haben, mit ihnen nach Smithville zu ziehen.

Ihr glaubt mir immer noch nicht? Nun, ihr werdet mir glauben, wenn ihr erst einmal die ganze Geschichte kennt.

Ich erzähle einfach mal von Anfang an.

Kapitel 1

Der Anfang

Sobald es zur Pause klingelt, laufen die Kinder aus meiner neuen fünften Klasse alle hinaus, um Fangen zu spielen. Wir zählen ab, *Ene mene muh, und raus bist du!*, und ich bin dran. Ich, die Neue. Großartig.

Nicht wirklich.

Ich halte mir die Hände vor die Augen und zähle bis zehn (okay, bis fünf), damit die anderen weglaufen können, und dann renne ich los. Als Erstes sehe ich Penny, denn Penny ist ganz schön groß. Na ja, größer als ich jedenfalls. Was aber auch keine Kunst ist, denn die meisten in meinem Alter sind größer als ich. Außerdem trägt sie einen Pulli in Knallorange, in dem sie nicht zu übersehen ist. Von vielen weiß ich den Namen noch nicht, aber Pennys Namen kann ich mir leicht merken, denn sie hat einen super kurz geschnittenen Pony, und ich denke immer bloß: Pennys Pony, Pennys Pony, Pennys Pony.

Ich flitze zu ihr hinüber und tippe sie am Ellenbogen. »Du bist, Pennys Pony! Ich meine … Penny.«

Da guckt sie mich ganz komisch an und sagt: »Ähm, nein. Ich bin versteinert.«

Häh? Versteinert? Ich finde, sie sieht ziemlich lebendig aus.

»Was?«, frage ich.

Penny runzelt die Stirn. »Du hast mich gefangen, und jetzt bin ich versteinert.«

»Neeiin«, sage ich langsam. »Ich war dran. Ich habe dich gefangen, und jetzt bist du dran. Jetzt musst du jemand anders fangen. Deswegen heißt das Spiel so. Fangen.«

»Wer dran ist, muss *alle* fangen«, sagt Penny. Sie sagt das in einem Ton, als wüsste sie sehr viel besser über Fangen Bescheid als ich, und ich merke, wie ich vor Wut ganz rot werde. Weil das nämlich nicht stimmt. »Wenn du gefangen wirst, bist du versteinert. Und wer als Letztes gefangen wird, ist dran. Kapiert?«

Wer als LETZTES gefangen wird, ist dran? Wer als Letztes gefangen wird, ist doch die Beste und hat gewonnen! Und wer gewonnen hat, sollte einen Freudentanz aufführen und von den anderen mit Konfetti beworfen werden! Wenn die Beste als Nächstes dran ist, ist das doch überhaupt keine Belohnung!

Fassungslos schaue ich sie an. Jetzt bin ich also so lange dran, bis ich jede und jeden aus der Fünften erwischt habe und alle versteinert sind? Das wird aber ein sehr, sehr, SEHR langes Spiel werden.

Ich gebe mir ja wirklich die größte Mühe mit meiner neuen Schule. Aber was soll ich denn tun, wenn die Kinder hier ALLES falsch machen?

Wenn ich meinen Fall kurz darlegen darf:

1. In Smithville sagen sie immer Limonade statt Brause. Lächerlich, oder? Limonade klingt doch total langweilig. Dabei ist Brause ein viel schöneres Wort. Da hört man gleich, wie es prickelt! Limonade dagegen klingt nach abgestandenem Abwaschwasser.
2. Die Leute hier haben keine Ahnung, wie man ein Sandwich mit Erdnussbutter und Banane macht. Die einzig richtige Art ist nämlich, die Banane in Scheiben zu schneiden und die Scheiben eine nach der anderen in die Erdnussbutter zu drücken, vorzugsweise in ordentlichen Reihen. Aber die Kinder an meiner neuen Schule zermatschen die Bananen, rühren einen Löffel Erdnussbutter darunter und streichen die schleimige Matschepampe dann auf ihr Brot. Wie kommt man denn bloß auf so eine Idee, frage ich mich?!
3. Und jetzt wollen sie, anstatt ganz normal Fangen zu spielen, auch noch so tun, als wären sie versteinerte Statuen, zwischen denen Abby wie eine Blöde herumläuft.

Hohes Gericht!

Ich will nicht Limonade statt Brause sagen.

Ich will keinen schleimigen Bananenmatsch essen.

Und ich will jetzt nicht dran sein.

»Ich weiß ganz genau, dass es so geht, wie ich es kenne«, sage ich, obwohl sich mir dabei der Hals zuschnürt. Ich habe recht. Ganz bestimmt.

»Nein«, erklärt sie. »Ich bin versteinert. Und du solltest besser weitermachen, sonst wird's nämlich immer schwieriger.«

Tränen brennen mir in den Augen. Ich will nicht, dass alles immer schwieriger wird. Ich will, dass alles so ist, wie es früher war. Normal!

»Nein, danke«, sage ich ganz vorsichtig, damit meine Tränen nicht zu kullern anfangen. Wahrscheinlich klingt meine Stimme jetzt etwas gepresst. Oder nach Heulsuse. Oder vielleicht auch nach verwöhntem Gör.

»Du gibst auf?«, fragt Penny und zieht die Augenbrauen hoch. »Nur weil du deinen Willen nicht kriegst?«

»Nein! Ich bin einfach nur ... müde.« Das ist noch nicht einmal gelogen. Ich *bin* müde. Ich bin es müde, dass alles so anders ist. Warum kann nicht alles so sein wie früher?

Ich gehe zu Mrs. Goldman, der Aufsichtslehrerin, und frage sie, ob ich in die Bücherei gehen darf.

»Du meinst wohl den Medienraum, Kleines?«, fragt sie mich.

Da sinke ich noch mehr in mir zusammen. Hier heißt noch nicht einmal die Bücherei Bücherei?

Aber in dem Moment, wo ich den *Medienraum* betrete, ist die Welt schon wieder ein bisschen mehr in Ordnung. Ich hole tief Luft. Ahhh.

Mag ja sein, dass ein Raum voller Bücher in Smithville Medienraum genannt wird, aber es riecht hier genauso wie die Bücherei in meiner alten, normalen Schule. Muffig. Staubig. Nach Papier.

Ich erkenne die Bücher in den Regalen der Schulbücherei –

ups, des Medienraums. Es sind Bücher, die ich schon etliche Male verschlungen habe. Unzählige Male.

Jetzt bin ich wieder etwas erleichtert, denn wisst ihr was? Geschichten bleiben immer so, wie sie sind, egal, wie oft man sie liest.

Meine Leidenschaft für Bücher habe ich von meiner Oma geerbt. Sie hat mir früher ständig vorgelesen. Sie ist Literaturprofessorin an einer Universität in Chicago. Das ist da, wo wir früher gelebt haben.

Während ich so an mein altes Zuhause denke, zieht es auf einmal ganz komisch in meinem Bauch. Ich vermisse meine Freundinnen von früher. Meine Oma. Sandwiches mit Erdnussbutter und Bananenscheiben statt Pampe.

Doch dann schüttele ich dieses schwermütige Gefühl ab und fahre mit dem Finger die Buchreihen entlang, bis ich bei einem Märchenbuch ankomme. Perfekt. Im Märchen ist gut wenigstens noch gut, und böse böse. Und im Märchen würde es einer vernünftigen, praktisch veranlagten Fünftklässlerin auch niemals passieren, dass sie für immer dran ist.

Ich atme auf.

Kapitel 2

Das nervige Erwachen

In dieser Nacht träume ich von meinen alten Freundinnen. Wir spielen Fangen, und zwar auf die richtige Art. Doch dann ruft auf einmal jemand nach mir.

»Abby! Abby! Abby!«

Ich öffne vorsichtig ein Auge. Es ist Jonah, mein siebenjähriger Bruder. Schnell ziehe ich mir die Bettdecke über den Kopf. Natürlich habe ich meinen kleinen Bruder lieb, aber ich bin ein Mädchen im Wachstum. Ich brauche meinen Schlaf.

Jonah zieht mir die Bettdecke wieder vom Gesicht, presst seinen Mund an mein Ohr und sagt: »Abby, Abby, Abby, Abby, Abby, ABBY!«

Ich stöhne laut auf. »Jonah! Ich schlafe!«

»Wach auf, wach auf, wach auf!«

Muss er immer alles tausendmal sagen? Es ist ein schmaler Grat zwischen beharrlich sein und nerven.

»Geh wieder ins Bett«, befehle ich ihm. Ich weiß, ich kann manchmal ganz schön streng sein, aber mal im Ernst: Es ist mitten in der Nacht! Und außerdem ist es meine Aufgabe als große Schwester, Jonah herumzukommandieren. Ich erfülle nur meine Pflicht.

Es gehört auch zu meinen Aufgaben als große Schwester, darauf zu achten, dass er sein Gemüse isst.

Beim Abendessen habe ich ihn dabei erwischt, wie er Brokkoli in seinen Socken versteckt hat. Also habe ich ihn verpetzt. Und dann hatte ich deswegen ein schlechtes Gewissen und habe ihm die Hälfte von meinem Schokokeks abgegeben.

»Aber der Spiegel zischt«, meint er jetzt.

Ich sehe ihn durch meine halb geöffneten Augenlider an. Was?! Ich habe nicht die leiseste Ahnung, wie ich diesen Satz verstehen soll. »Jonah, Spiegel zischen nicht. Spiegel machen überhaupt keine Geräusche. Es sei denn, sie zerspringen.« Oh-oh. Auf einmal sitze ich senkrecht im Bett. »Hast du einen Spiegel zerbrochen? Das bringt Unglück!«

»Ich glaube nicht.« Er verzieht die Lippen auf diese komische Art, wie er es manchmal tut. »Na ja, vielleicht.«

»Jonah! Welchen Spiegel?« Ich schwinge die Beine aus dem Bett. Ich hoffe nur für ihn, dass es nicht mein rosafarbener Handspiegel ist. Einmal habe ich ihn dabei erwischt, wie er damit seine Zehen von allen Seiten betrachtet hat.

»Der große unten im Keller.«

»Soll das ein Witz sein? Der gruselige Spiegel im Keller?!«

Als mir auffällt, dass ich kreische, senke ich die Stimme, um unsere Eltern nicht zu wecken. »Was machst du denn mitten in der Nacht im Keller?!« Der Spiegel im Keller ist irgendwie merkwürdig. Ich habe immer das Gefühl, dass er mich auf

Schritt und Tritt beobachtet. So wie bei dem Bild von der *Mona Lisa*. Aber das ist natürlich völliger Blödsinn. Spiegel können einen nicht beobachten. Spiegel sind nicht lebendig.

Jonah zuckt mit den Schultern. »Ich war auf Entdeckungstour.«

Ich schaue auf den Wecker. »Es ist acht vor zwölf!« Da merke ich, dass mein Handgelenk sich ganz schwer anfühlt und ich vergessen habe, vorm Schlafengehen die Armbanduhr abzunehmen. Ich drücke auf den Lichtknopf an der Seite. Selbe Zeit, acht vor zwölf.

Jonah zuckt wieder mit den Schultern.

Er ist ständig auf Entdeckungstour. Es ist erstaunlich, dass wir überhaupt miteinander verwandt sind, so verschieden wie wir sind. Ich lese gerne. Er liebt Abenteuer. Ich kuschle mich gerne mit einem Buch ins Bett. Er klettert lieber irgendwelche Felswände hoch. Im Ernst. Mama bringt ihn sonntags immer zum Kletterkurs.

Ich atme tief durch, um nicht auszuflippen. Dann frage ich: »War es etwa schon grün?« Als Jonah drei war, hat Papa ihm nämlich einen Wecker gekauft, der die Farben wechselt. Nachts leuchtet der Wecker rot, und um sieben Uhr morgens wird er grün. Und Jonah soll eigentlich so lange im Bett bleiben, bis der Wecker grün wird.

Aber Jonah ist nicht besonders gut darin, sich an Regeln zu halten. Oder Farben.

»Ich kann die Uhr lesen«, sagt Jonah beleidigt.

»Warum weckst du mich dann?«

»Weil es lila war und ich dir das zeigen will«, sagt er und winkt mir, ihm zu folgen. »Los, komm schon, komm schon!«

Häh? Es war lila?

Ich seufze. Herrjemine. Na gut. Ich stehe auf, schlüpfe in meine gestreiften Puschen und folge ihm.

»Halt!«, sage ich, als ich seine nackten Füße sehe. Ich bugsiere ihn zu seinem Zimmer, das direkt neben meinem liegt. »Zieh dir Schuhe an, Monsieur. Nicht, dass du dir an den Scherben noch die Füße aufschneidest.«

»Aber da sind gar keine Scherben.«

Er hat einen Spiegel zerbrochen und das ganz ohne Scherben? Ich zeige auf den Kleiderschrank. »Schuhe anziehen!« Es ist meine Aufgabe, ihn zu beschützen, mit allem drum und dran. Und dazu gehören nun mal auch seine Stinkefüße.

In Jonahs Zimmer ist es wegen der Leuchtsterne an der Decke ziemlich hell – und wegen des *rot* leuchtenden Weckers. Nicht lila. Rot. Jonah holt ein Paar Turnschuhe aus dem Schrank und zieht sie an. »Und, zufrieden? Los jetzt, komm! Los, komm!«

»Pst!«, mache ich. Die Tür zu Mamas und Papas Schlafzimmer ist zwar geschlossen, aber es ist gleich am Ende des Flurs. Und Mama wird sich bedanken, wenn wir sie wecken. (Außerdem war sie heute schon einmal sauer auf mich, als ich ihr gesagt habe, dass sie sechs Minuten und fünfundvierzig Sekunden zu spät war, als sie mich von der Schule abgeholt hat. Ich wollte ihr gar kein schlechtes Gewissen machen. Aber ich habe einen super coolen Timer an meiner Uhr, und wozu soll der gut sein, wenn nicht dazu, dass ich ihr sagen kann, wie viel sie zu spät ist?)

Wir schleichen uns hinunter ins Erdgeschoss. Die Treppenstufen quietschen. Und zwar ganz schön laut. Als wir endlich unten angekommen sind, öffne ich die Tür zum Keller.

Und bin wie erstarrt. Also erstarrt, nun ja, als wenn ich versteinert wäre. Denn um die Wahrheit zu sagen: Ich bin nicht unbedingt das mutigste Mädchen auf Erden. Und es ist spät. Und wir sind drauf und dran, in den Keller zu gehen.

Ehrlich gesagt lese ich lieber Abenteuergeschichten, als selbst welche zu erleben.

»Was ist?«, fragt Jonah, während er sich vordrängelt und an mir vorbei die Kellertreppe hinunterläuft. »Komm schon, komm schon, komm schon!«

Ich atme einmal tief durch, knipse das Licht im Keller an und schließe die Tür hinter uns.

Kapitel 3

Spieglein, Spieglein, angeschraubt an der Wand

Erst ein Schritt. *Quietsch.*

Dann zwei Schritte. *Quietsch!*

Dann drei. *Quiiiieeetsch!*

Auf der untersten Treppenstufe bleibe ich stehen und sehe zu dem riesigen, unheimlichen Spiegel an der Wand gegenüber. Abgesehen davon, dass er immer noch riesig und unheimlich wirkt, scheint er vollkommen in Ordnung. »Der Spiegel hat nicht einen einzigen Sprung«, sage ich. »Wir gehen jetzt wieder ins Bett. Sofort.«

»Ich habe ja auch gar nicht gesagt, dass er *gesprungen* ist«, sagt Jonah. »Ich habe gesagt, dass er gezischt hat.« Er geht zum Spiegel hinüber und bleibt ganz nah davor stehen, sodass das Glas von seinem Atem beschlägt. »Er hat wahrscheinlich damit aufgehört, als ich gegangen bin.«

Ich bleibe stehen, wo ich bin, und sehe mir den alten Spiegel, den die vorherigen Hausbesitzer dagelassen haben, ganz genau an. Er ist zweimal so groß wie ich und hat eine blitzblanke Glasfläche. Der Rahmen ist aus Stein gemeißelt, mit kleinen Elfen, samt Zauberstäben und Flügeln. Ich weiß nicht, warum die alten Besitzer den Spiegel nicht mitgenommen haben, außer vielleicht … weil er unheimlich ist. Und an der Wand befestigt. Mit großen, schweren Frankenstein-Schrauben.

Dann schaue ich *in* den Spiegel und betrachte mein schulterlanges, lockiges, braunes Haar. Den limettengrünen Schlafanzug. Die gestreiften Puschen. Doch irgendetwas an meinem Spiegelbild stimmt nicht, und deswegen wende ich mich ab. Ich weiß nicht genau, *was* es ist, aber es ist seltsam.

»Er zischt nicht«, sage ich, während ich meinen Blick durch den Kellerraum wandern lasse. Da steht die schwarze Ledercouch. Der Schreibtisch. Der Schreibtischstuhl. Jede Menge Bücherregale mit den alten Jurabüchern meiner Eltern, die sie nie wieder lesen werden, aber auch nicht wegwerfen wollen. Mama und Papa sind nämlich beide Anwälte. Aber keiner von beiden will Richter werden, ganz im Gegensatz zu mir.

Nur dass ihr es wisst: Ich werde eine richtig gute Richterin werden, denn Frieden und Ordnung sind mir sehr wichtig. Ich werde dafür sorgen, dass der Gerechtigkeit immer Genüge getan wird, denn es ist nicht fair, wenn böse Leute ungeschoren davonkommen oder wenn guten Menschen etwas Schlimmes passiert.

Wie zum Beispiel, wenn meine Eltern mich dazu zwingen, nach Smithville zu ziehen.

»Du musst anklopfen«, sagt Jonah.

Seine Worte holen mich wieder zurück in die Gegenwart. »Was?«

»An den Spiegel«, sagt er und zieht dabei die Augenbrauen zusammen. »Du musst anklopfen.«

Ich lache. »Ich klopfe doch nicht an einen Spiegel! Man klopft an Türen, aber nicht an Spiegel.«

»Doch, aus Versehen! Ich habe nämlich gerade Fliegendes Krokodil gespielt, als …«

»Was ist denn Fliegendes Krokodil?«, frage ich.

»Ein ganz tolles neues Spiel, das ich erfunden habe. Ich bin ein Pirat, und ich werde von Krokodilen gejagt. Nur können meine Krokodile fliegen und …«

»Egal«, sage ich schnell. Ich bereue es schon, überhaupt nachgefragt zu haben. »Und wie bist du dann beim Spiegel gelandet?«

»Na ja, als mich eins der fliegenden Krokodile verfolgt hat …«

»Als du dir *vorgestellt* hast, dass dich eins deiner fliegenden Krokodile verfolgt hat…«

»… als ich mir *vorgestellt* habe, dass mich eins der fliegenden Krokodile verfolgt hat, bin ich gestolpert und gegen den Spiegel gefallen, den ich mir nicht nur vorgestellt habe. Es hat sich angehört wie ein Klopfen. Ich mache es noch mal. Bist du bereit?«

Bereit wofür? Ich bin bereit, wieder in mein warmes Bettchen zu gehen. Doch ich antworte: »Na los.«

Er macht eine Faust und klopft an.

Wir warten. Nichts passiert.

»Es passiert nichts«, sage ich.

Doch dann höre ich ein leises zischendes Geräusch.

Ssssssssssssssss.

Ich versteife mich am ganzen Körper. Ich *mag* es nicht, wenn was zischt. Schon gar nicht, wenn ein Spiegel zischt.

»Ähm, Jonah?«

»Siehst du? Jetzt pass auf! Pass auf, was passiert, wenn ich zweimal klopfe!«

Er klopft wieder an, und auf einmal strömt der Spiegel ein warmes Licht aus. Ein warmes, *lilafarbenes* Licht.

»Siehst du?«, sagt Jonah. »Lila! Hab ich doch gesagt!«

Vor Aufregung bekomme ich einen ganz trockenen Mund. Was geht hier eigentlich vor sich? Warum ändert der Spiegel in unserem Keller seine Farbe? Spiegel sollten ihre Farbe nicht ändern! Ich mag keine Spiegel, die ihre Farbe ändern!

»Und dann habe ich dich geholt. Aber ich will wissen, was passiert, wenn ich dreimal klopfe. Aller guten Dinge sind drei, richtig?«

»Jonah, nein!«

Doch zu spät. Er klopft bereits an.

Und unser Spiegelbild fängt an zu wackeln.

Ich muss sagen, ich mag es irgendwie genauso wenig, wenn Spiegel wackeln, wie wenn sie zischen.

»Was ist das?«, flüstere ich. Mein Spiegelbild kräuselt sich wie die Wasseroberfläche eines Sees. Und auch in meinem Bauch scheint sich gerade alles zu kräuseln. Habe ich eigentlich schon erwähnt, dass ich Richterin werden will, weil ich Frieden mag? Und Ordnung? Und keine sich kräuselnden, zischenden, sich lila verfärbenden Spiegel?!

»Er lebt!«, quietscht Jonah.

Inzwischen dreht sich die Spiegeloberfläche im Kreis, wie bei einem Wasserstrudel in der Badewanne.

Ich bekomme es langsam mit der Angst zu tun. »Wir sollten besser gehen«, sage ich. »Und zwar *jetzt*.« Ich versuche Jonah vom Spiegel wegzuziehen, aber ich schaffe es nicht. Unser Spiegelbild dreht sich wie Wäsche in der Waschmaschine im Kreis, während wir immer näher an den Spiegel herangezogen werden. Jonahs rechter Fuß rutscht mit quietschender Sohle über den Betonboden.

»Der Spiegel will meinen Fuß«, schreit Jonah.

»Den kriegt er aber nicht!« Ich ziehe an Jonah, so fest ich kann. »Du kriegst ihn nicht, du ... du Spiegel-Ding!« Dann recke ich den Hals in Richtung der Kellertür. »Mama! Papa!«, rufe ich. Aber sie sind zwei Etagen weiter oben, und ich habe dummerweise die Kellertür zugemacht. Warum habe ich das nur getan? Ich schleiche mich mitten in der Nacht in den Keller und mache die Tür hinter uns zu? Was ist nur los mit mir? Ich brauche Unterstützung! »Hilfe!«

Mit der freien Hand greife ich nach einem Tischbein. Die Finger tun mir weh, aber ich werde definitiv weder meinen Bruder noch das Tischbein loslassen.

Wusch! Auf einmal dreht sich alles auf die Seite. Jonah und ich befinden uns nicht mehr auf dem Boden, sondern schweben darüber. Wie menschliche Flaggen flattern wir in der Luft. Das ergibt doch absolut keinen Sinn. Ich *mag* es nicht, wenn was keinen Sinn ergibt.

»Cool!«, schreit Jonah. Lacht er etwa? Tatsächlich! Er scheint sich richtig zu freuen. Wie kann ihm so etwas bloß Spaß machen?!

Der Schuh meines Bruders verschwindet. Direkt von seinem Fuß weg verschwindet er im Spiegel.

Nein! Das kann nicht sein!

Ich höre ein lautes Summen, und dann wird auch der zweite Schuh meines Bruders vom Spiegel geschluckt.

Schmatz.

Mein Herz rast, und mir ist abwechselnd heiß und kalt. Das kann gerade nicht passiert sein. Es kann einfach nicht wahr sein. Und warum überhaupt waren Jonahs Schuhe nicht zugebunden? Muss ich mich denn um alles selbst kümmern?

Da werden mir auf einmal die Puschen von den Füßen gesogen.

Was eindeutig nicht meine Schuld ist. Denn Puschen kann man schließlich nicht zubinden.

Und dann fliegt plötzlich ein Buch in den Spiegel. Und noch eins. Nach und nach wirbeln die ganzen Jurabücher meiner Eltern aus den Regalen. Sie flattern mit den Seiten wie aufgeregte Vögel mit ihren Flügeln und verschwinden im Spiegel.

Der Schreibtischstuhl schießt über den Fußboden. *Schmatz!*

Jonahs Hände sind feucht. »Abby?«, ruft er, und zum ersten Mal heute Abend hört sich mein Bruder – der sich eigentlich nie vor irgendetwas fürchtet – verängstigt an.

»Lass nicht los!« Ich versuche, ihn weiter festzuhalten, aber unsere Handflächen sind ganz rutschig. Der Arm tut mir von den Fingerspitzen bis zur Schulter hinauf weh. Aber ich ignoriere den Schmerz. Ich muss meinen Bruder festhalten. Ich *muss* einfach.

»Abby!«

»Nein!«, rufe ich und halte ihn noch fester. Jonah flattert in der Luft. Seine weit aufgerissenen Augen leuchten lila!

»Jonah!«, schreie ich. NEIN, NEIN, NEIN! Ich werde es NICHT zulassen, dass der verrückte Spiegel meinen Bruder verschlingt! Ich habe alles unter Kontrolle! Ich werde auf meinen kleinen Bruder aufpassen!

Und dann lasse ich das Tischbein los, um Jonah mit beiden Händen festhalten zu können, und mit einem zufriedenen Schmatzen saugt der Spiegel uns beide auf.

Kapitel 4

Zu viele Bäume

Zack!

Mit dem Gesicht voran lande ich im Dreck. Der Dreck ist gespickt mit Blättern und Gras. Ein Zweig steckt mir im Mund. Bah. Ich ziehe ihn heraus und wische mir die Finger an der Schlafanzughose ab.

»Ich glaube, ich habe mir den Kopf gebrochen«, nuschelt Jonah.

»Wirklich?«, frage ich.

»Nein.« Jonah reibt sich den Hinterkopf und sagt: »Alles okay.«

Gut. Ich bin froh, dass ihm nichts passiert ist. Dann brauche ich nämlich kein schlechtes Gewissen zu haben, wenn ich ihn anschreie. »WAS HAST DU DIR EIGENTLICH DABEI GEDACHT?«

»Wobei? Was hab ich denn gemacht?«, fragt er ganz unschuldig.

Ich springe auf und fange an, die Antworten an den Fingern abzuzählen. »Punkt 1: Du hast mich in den Keller geschleppt. Punkt 2: Du hast an diesen gruseligen Spiegel geklopft. Und Punkt 3, 4 und 5: Dann musstest du unbedingt noch zweimal an den Spiegel klopfen, und was hast du gesagt, als er angefangen hat, uns zu verschlingen?! ›COOL!‹«

»Es war ja auch cool!«, ruft er. »Komm schon, Abby! Das war doch toll! Das war das Tollste, was uns jemals passiert ist.«

Ich schüttele den Kopf. Ich weiß noch nicht einmal, *was* überhaupt genau passiert ist. Wo sind wir eigentlich?

Ich halte die Nase in die Luft und schnuppere. Es riecht nach Natur. Dann blicke ich mich um und sehe:

1. Große Bäume.
2. Noch mehr große Bäume.
3. Und NOCH MEHR große Bäume.

Ähm, wie kommen diese tausend großen Bäume in unseren Keller?

Moment mal. In unserem Keller gibt es keine Bäume.

Ich sehe Jonah an. »Wir sind nicht mehr im Keller!«

»Ich weiß«, sagt er nickend. »Cool.«

»Wo sind wir dann?«

»Irgendwo, wo es toll ist.«

»Im Garten«, sage ich. »Wir sind wahrscheinlich im Garten. Stimmt's?« Nur, dass wir einen ziemlich kleinen Garten haben. Und in unserem Garten gibt es nur zwei Bäume. Zwei mickrige Bäume. Nicht Tausende riesiger Bäume.

»Kann nicht sein, wir sind garantiert nicht in unserem Garten.« Jonah schüttelt den Kopf.

»Vielleicht sieht der Garten nachts anders aus?«

»Nee. Ich glaube, wir sind in einem Wald.«

»Jonah, wir können in keinem Wald sein! Das ist unmöglich!«

»Tja, vielleicht sind unmögliche Dinge ja doch möglich?«

Er ist unmöglich. Ich reibe mir die Augen. »Das ergibt doch alles keinen Sinn. Warte. Vielleicht träumen wir das hier ja nur?«

»Wir beide gleichzeitig?«, fragt er und sieht mich zweifelnd an.

»Okay, ich. Ich träume das alles nur.«

Jonah zwickt mich in den Arm.

»Autsch!«

»Du träumst nicht«, stellt er fest. Dann fängt er an, auf den Zehenspitzen zu wippen. »Du bist hundertprozentig wach, genau wie ich, und wir sind in einem Wald. Hey, ich hab Hunger! Hast du was zu knabbern? Ein paar Flips?«

»Flips?«, kreische ich. »Wir sind mitten in der Nacht aus unserem Keller in irgendeinen Wald katapultiert worden, und da kannst du an *Erdnussflips* denken?«

Er reibt sich den Bauch. »Der Spiegel hatte Hunger, darum hat er uns gegessen. Jetzt habe ich Hunger, und ich hätte wahnsinnig gerne ein paar Erdnussflips. Und vielleicht ein bisschen Ketchup dazu.«

»Ist ja widerlich«, sage ich. Jonah tunkt alles in Ketchup. Sogar Arme Ritter.

»Außerdem ist es gar nicht mitten in der Nacht«, fährt er fort. »Guck doch.«

Ich lege den Kopf in den Nacken. Zwischen den Baumwipfeln sehe ich den strahlend blauen Himmel blitzen.

Eben war noch Nacht. Jetzt ist es Tag.

Ich verstehe einfach nicht, was hier los ist! Wie ein Kleinkind stampfe ich mit dem Fuß auf. *Autsch*. Ein Zweig kratzt mir die Ferse auf, denn – *ah*, stimmt ja! – bevor der Spiegel mich gefressen hat, hat er ja meine Puschen verputzt. Aber wenn *ich* hier bin, wo sind dann meine flauschigen, gestreiften Puschen?

Erst muss ich meine Puschen finden. Und dann werde ich mir überlegen, wie wir wieder zurück in unseren Keller kommen.

So lautet der Plan. Pläne sind was Gutes.

Schritt eins: Schuhe finden.

Ich blicke mich um. Ein paar Meter weiter liegt der Schreibtischstuhl aus unserem Keller. Auch ein paar der Bücher aus den Bücherregalen liegen im Gras. Und da sind meine Puschen!

»Ja!«, rufe ich freudig aus. Ich laufe zu ihnen und schlüpfe hinein. *Ah*. Mit flauschigen, gestreiften Puschen an den Füßen fühle ich mich immer gleich sehr viel besser.

Ich wende mich Jonah zu. »Hast du deine Turnschuhe gefunden?«

»Jap«, sagt er und zeigt auf seine Schuhe.

»Na dann, zieh sie an, und schnür sie diesmal richtig zu.« Ich warte. »Sind sie zu?« Ich weiß ganz genau, dass er sich die Schuhe zubinden kann, denn ich habe es ihm selbst beigebracht. Und zwar richtige Schleifen, nicht die Babyversion, wo man mit zwei Schlaufen einen Knoten macht.

Jonah stöhnt und zieht die Schleifen besonders fest.

Prima. Schritt eins wäre damit abgehakt. Dann kann es ja mit Schritt zwei weitergehen: Wir müssen zurück in unseren Keller. Hmmm. Das ist schon etwas schwieriger, aber nichts, was ich nicht schaffen könnte.

Jetzt wäre es wohl ganz hilfreich, wenn ich wüsste, wo wir uns überhaupt befinden.

Es kann nicht sehr weit von zu Hause weg sein, denn wir waren ja in weniger als einer Minute oder so hier. Es muss einen Tornado gegeben haben oder vielleicht sogar ein Erdbeben. Genau, ein Erdbeben! Und das Erdbeben hat uns ein paar Straßen weitergeschleudert! Ja! Und dann sind wir wahrscheinlich mit den Köpfen aufgeschlagen und daraufhin eingeschlafen, und *deswegen* ist es schon wieder Tag!

Jetzt muss ich nur noch den Weg nach Hause finden. Also, Konzentration.

Knurr.

Was war das? Nichts. Hab ich mir wohl nur eingebildet.

Knack.

»Hast du das gehört?«, flüstert Jonah.

»Ähm. Nö?«

Knurrrrr.

Mein Herz macht einen Satz. »Kann es vielleicht sein, dass dein Magen knurrt, weil du Hunger hast?«

Jonah ist plötzlich ganz schnell neben mir. »Vielleicht ist es der Magen von einem Tier. Weil das Tier Hunger hat.«

Knurrrrr, knack.

»Und Appetit auf Menschen«, sagt Jonah, wobei er für meinen Geschmack etwas zu freudig aufgeregt klingt.

Knack, knurrrrr.

Hilfe! Wie soll ich mich bitte schön auf Schritt zwei meines Plans konzentrieren, wenn ich die ganze Zeit von gruseligen Tiermagen-Geräuschen um mich herum abgelenkt werde?

»Wir sollten besser gehen«, sage ich zu Jonah.

»Wohin?«

Knurr, knack, knurr, knack, knurr, knack, knack!

»Irgendwohin, Hauptsache, weg von hier!«

Ich greife nach seiner Hand, und wir rennen los.

Kapitel 5

Versteckspielen

Ich wusste gar nicht, dass ich so schnell laufen kann. Wenn ich jetzt in der Schule wäre und wir Fangen spielen würden – auf die richtige *oder* die falsche Weise –, würde mich niemand kriegen.

Das ist die gute Nachricht. Die schlechte Nachricht ist, dass ich keine Ahnung habe, wohin Jonah und ich gerade wie die Verrückten rennen, weil ich gar nicht weiß, wo genau in Smithville wir überhaupt sind.

Und ich habe außerdem keine Ahnung, was da hinter uns her ist. Aber wisst ihr was? Wir laufen so schnell, dass wir das Tier vielleicht sogar abgehängt haben, denn ich höre es nicht mehr. Was allerdings auch daran liegen kann, dass mein lautes Schnaufen alle anderen Geräusche übertönt.

Da boxt Jonah mich in die Seite, dass es wehtut, und ich bleibe stehen.

»Ich habe Durst!«, keucht er. »Und Hunger! Vergiss die Flips. Ich esse alles! Nur keinen Brokkoli, bitte!«

Ich beuge mich vor und versuche wieder zu Atem zu kommen. »Ich weiß ja nicht, was mit *dir* ist, aber *ich* habe hier noch kein Restaurant gesehen. Nur Bäume. Bäume, Bäume und noch mehr Bäume.«

»Guck mal«, sagt Jonah leise und zeigt zwischen die Bäume.

Als ich aufblicke, macht mein Herz einen Satz. Es ist ein Mensch! Eine erwachsene Frau!

»Oh, hallo!«, rufe ich und stürme auf sie zu. »Hey, hallo!«

Doch sie geht einfach weiter und verschwindet zwischen den Bäumen. Hat sie mich etwa nicht gehört?

»Entschuldigung!«, rufe ich. »Warten Sie!«

Schließlich dreht sie sich um. Sie ist alt. Ungefähr so alt, wie Großeltern sind, aber im Gegensatz zu meiner Oma trägt sie keinen rosa Lippenstift. Sie trägt einen schwarzen Umhang, und sie hat einen Korb dabei.

Lächelnd winke ich ihr zu.

Sie starrt mich an. Und geht weiter.

Wie unhöflich! Erwachsene dürfen nicht unhöflich sein! Meine Oma wäre niemals so unhöflich.

Was soll ich denn jetzt machen?

»Entschuldigung!«, schreit Jonah. »Entschuldigung, Entschuldigung, Entschuldigung, Entschuldigung, ENTSCHULDIGUNG!«

Die alte Dame bleibt wieder stehen und dreht sich nach uns um. »Was?«, reagiert sie barsch.

Super, Jonah! Hartnäckigkeit zahlt sich manchmal eben doch aus.

»Wissen Sie, wo wir sind?«, fragt er.

»Wir haben uns irgendwie verlaufen«, ergänze ich. »Wir waren bei uns im Keller, aber dann haben wir an den Spiegel geklopft, oder besser gesagt, mein dummer Bruder hat an den Spiegel geklopft, und ...« Vielleicht ist es besser, ihr die Details zu ersparen. »Na ja, wie auch immer. Können Sie uns bitte helfen?« Ich schenke ihr mein bezauberndstes Lächeln. Jonah gebe ich einen Stoß mit dem Ellenbogen, damit er es mir nachtut.

Doch sie schaut nur finster drein und setzt ihren Weg fort.

Meine Oma würde niemals zwei Kinder, die sich im Wald verlaufen haben, einfach stehen lassen, auch dann nicht, wenn es fremde Kinder wären. Sie würde sie mit nach Hause nehmen, sie warm einpacken und ihnen Hühnersuppe kochen.

»Und was machen wir jetzt?«, frage ich Jonah.

»Ihr hinterhergehen!«

»Besser nicht«, sage ich. »Ich glaube, sie ist böse. Und außerdem glaube ich nicht, dass sie will, dass wir ihr folgen.«

»Hast du eine bessere Idee?«, fragt er.

Ich kaue auf der Unterlippe.

Jonah versteht das als *Okay, dann lass uns der bösen alten Frau hinterhergehen!*, und schon ist er unterwegs. Ich zögere noch, aber dann beeile ich mich hinterherzukommen.

»Leise«, flüstere ich. Ich fasse ihn am Arm und bremse ihn etwas, damit er nicht auf jeden knackenden Zweig tritt.

Die böse Frau geht um einen Baum, und wir gehen um denselben Baum, und dann verstecken wir uns schnell. Sie geht geradeaus; wir gehen geradeaus. Sie geht rechts; wir gehen rechts. Wir folgen ihr überallhin. Und dann verstecken wir uns. Wir folgen ihr und verstecken uns und folgen ihr und verstecken uns.

»Ich hoffe, sie hat sich nicht selbst verlaufen«, flüstert Jonah, während wir uns hinter einem Baum verbergen.

Aber zehn Minuten später erreicht die Frau einen Weg. Juhu! Ich weiß nur immer noch nicht, wo wir sind. Wieso gibt es in Smithville Wälder mit Wegen, die anscheinend nirgendwo hinführen? Es ist wirklich alles *so* merkwürdig hier. Erst Limonade statt Brause und jetzt auch noch höchst eigenartige Wälder.

Wir folgen der alten Dame weitere fünf Minuten, bis schließlich ein Haus zwischen den Bäumen auftaucht. Es ist ein ziemlich kleines Haus. Ein kleines, weißes Haus mit einem Vorgarten, der mit seinen schönen Blumen einen gepflegten und einladenden Eindruck macht. Mir wird wieder etwas leichter ums Herz, denn die böse Frau weiß anscheinend doch, wo sie hingeht. Sie geht nämlich *hierhin*. Und es ist immerhin besser, einer bösen Frau zu folgen, die weiß, wo sie hingeht, als überhaupt niemandem, oder?

Ich ziehe Jonah hinter einen Baum, als die böse Frau den bezaubernden steinernen Weg zum Haus entlanggeht.

Sie klopft an die Tür. Einmal. Zweimal.

Keine Antwort.

Sie klopft noch einmal.

Und endlich bewegt sich der Vorhang hinter einem der Fenster.

Kapitel 6

Ein Apfel am Tag

Es ist doch jemand zu Hause!«, flüstert Jonah. »Warum macht denn keiner die Tür auf?«

»Wenn so eine alte Hexe bei uns anklopfen würde, würdest du doch auch nicht aufmachen, oder?« Das hoffe ich jedenfalls für ihn.

»Ich weiß, dass du da bist, Dummerchen«, sagt die alte Dame mit liebreizender Stimme. Zu dem Dummerchen im Haus ist sie merkwürdigerweise sehr viel freundlicher als zu uns.

Da bewegt sich der Vorhang wieder, und das Fenster geht auf. »Es ist nur so … Na ja, wissen Sie … Ich darf niemanden hereinlassen«, antwortet die Person hinter dem Fenster.

Also ist *tatsächlich* jemand zu Hause! Eindeutig ein Mädchen. Die Stimme klingt zwar nicht mehr ganz nach einem Kind, aber auch nicht erwachsen.

Die alte Frau holt einen glänzenden, roten Apfel aus ihrem Korb. Er funkelt regelrecht in der Sonne.

»Ich habe Hunger«, flüstert Jonah. Dann tut er so, als

wäre er ein Zombie und lässt seine Augen ganz glasig werden. *»Huuunger!«*

Ich kneife ihn. »Pst!«

»Ich verkaufe Äpfel«, flötet die alte Dame.

»Nein, vielen Dank«, sagt das Mädchen hinter dem Vorhang. »Ich darf nichts kaufen.«

»Dann schenke ich dir einen«, bietet die Dame an. Dann räuspert sie sich. »Den Rest verkaufe ich später.«

»Nein, wirklich, das ist sehr nett von Ihnen«, sagt das Mädchen. »Aber vielen Dank.«

Ich beuge mich vor, sodass ich das Gesicht des Mädchens sehen kann. Sie hat außergewöhnlich dunkle Haare und erstaunlich helle Haut, aber nicht so wie ein Zombie. Mehr wie eine Porzellanpuppe. Und sie hat richtig rote Lippen. Richtig, richtig rot. So wie blutrot, aber nicht wirklich blutrot. Und sie ist ziemlich hübsch. Sie kommt mir irgendwie bekannt vor. Vielleicht hat sie ja mal bei uns babygesittet?

»Aber sie sind so lecker!«, versucht die alte Dame das Mädchen weiter zu beschwatzen, während sie ihr den Apfel hinhält. »Er ist ganz saftig und frisch. Was hast du denn? Hast du etwa Angst, dass er ...«

Ehe ich es mich versehe, drängt Jonah sich an mir vorbei und läuft auf die Lichtung. »Ich nehme ihn! Ich nehme den leckeren, saftigen Apfel!«

O nein.

»Jonah«, rufe ich ihm im Flüsterton nach. *»Komm sofort zurück!«*

Doch er bremst seinen Sprint erst kurz vor der Tür ab.

»Hallo«, sagt er und lächelt die alte Dame an. Dann hält er ihr die offene Hand hin. »Kann ich einen haben, bitte?«

Die alte Frau fährt ihn barsch an: »Die sind nicht für dich. Hau ab!«

»Aber ich habe ›bitte‹ gesagt«, jammert Jonah. »Und ich bin am Verhungern!«

Mit einem Seufzer komme ich aus meinem Versteck. »Du hast gehört, was die Frau gesagt hat, Jonah. Komm her!« Ich gehe zu ihm, fasse ihn an der Schulter und senke meine Stimme. »Außerdem sollst du nichts von Fremden essen, das weißt du doch.«

»Und warum darf das Mädchen den Apfel dann essen?«, fragt Jonah.

Hmm. Ein roter Apfel. Ein Mädchen mit dunklen Haaren und weißer Haut. Irgendetwas Seltsames passiert in meinem Kopf. Es zuckt in meinen Gehirnwindungen, als wenn ich etwas herausbekommen müsste.

»Sie darf es auch nicht«, sage ich irritiert. »Und außerdem hat sie es ja auch gar nicht vor. Hast du nicht gehört, was sie gesagt hat?« Dem Mädchen rufe ich zu: »Es ist immer besser, auf Nummer sicher zu gehen!« Und dann zeige ich ihr meine Faust mit nach oben zeigendem Daumen, doch die alte Dame schlägt meine Hand beiseite.

»Haut ab!« Sie ist inzwischen ganz schön schlechter Laune. »Zeit für euch beide zu gehen. Husch, husch.« Dann versucht sie ein Lächeln, aber es sieht ziemlich gekünstelt und auch ein bisschen unheimlich aus. Dann wendet sie sich wieder dem Mädchen zu. »Und Zeit für *dich*, den Apfel zu essen, meine Liebe.«

»Warum ist sie nur so gemein?«, fragt mich Jonah. Er greift nach dem Korb. »Wenn sie einen ganzen Korb voller Äpfel hat, warum ...« Da bricht er ab. »Hey. Moment mal. Der Korb ist ja *leer*, du alte Lügnerin!«

Die Frau entreißt ihm den Korb und schreit: »Haut ab!«

»Aber Sie haben doch gesagt, Sie hätten ›Äpfel‹«, sagt Jonah beharrlich. »Sie haben gesagt, Sie verkaufen *Äpfel*, also warum haben Sie dann nur den einen, den Sie in der Hand halten?«

»Die anderen habe ich schon verkauft«, sagt die alte Dame. »Kapiert? Bist du jetzt zufrieden?«

Mir läuft es kalt den Rücken hinunter. Hier passiert gerade irgendetwas ganz Merkwürdiges. Ich frage das Mädchen hinter dem Fenster: »Kommen hier öfter Leute vorbei, die Essen verkaufen? Bei uns passiert das nämlich nie. Außer wenn der Pizzabote kommt. Und der fährt ein Auto mit dem Logo vom Pizzaladen darauf. *Und* er trägt eine Uniform.«

»Und Pfadfinder«, ergänzt Jonah. »Die gehen rum und verkaufen Kekse.«

»Richtig. Und die tragen auch Uniformen, nicht wahr?« Dann frage ich die alte Frau: »Also, was soll das hier? Wenn Sie wirklich Äpfel verkaufen, warum haben Sie dann nur einen einzigen?« Ich mustere ihren schwarzen Umhang. »Und soll das etwa die Uniform einer Apfelverkäuferin sein? Denn, um ehrlich zu sein, besonders verkaufsfördernd wirkt die nicht.«

»Nimm den Apfel«, befiehlt die alte Dame dem Mädchen. Anscheinend hat sie sich inzwischen überlegt, dass es am besten ist, Jonah und mich einfach zu ignorieren. »Lass ihn dir schmecken. Er ist umsonst.«

»Lieber nicht«, zögert das Mädchen.

»Nimm ihn!« Schweißtropfen glänzen der alten Dame auf der Stirn. Das Make-up läuft ihr langsam das Gesicht herunter. Viel Make-up.

»Schmilzt Ihre Haut?«, fragt Jonah.

Da schnappt das Mädchen nach Luft. »*Du* bist es!«, ruft sie und zeigt auf die alte Frau. »Du hast dich verkleidet, um mich zu täuschen!« Ihre Stimme überschlägt sich, so als ob sie Angst hätte oder kurz davor wäre zu weinen oder beides auf einmal. »A-a-aber es hat nicht funktioniert, also geh jetzt bitte!«

Und damit schlägt sie das Fenster zu und zieht den Vorhang vor.

Die Frau stampft mit dem Fuß auf. Mit dem verlaufenen Make-up sieht sie gar nicht mehr alt aus. Nur ganz seltsam. Ihre Gesichtszüge sind verschwommen, wie bei einem Bild, über das Wasser verschüttet wurde. Sie murmelt vor sich hin und benutzt dabei eine Menge Wörter, die meine Oma *niemals* in den Mund nehmen würde. Dann fuchtelt sie mit dem Apfel vor dem Gesicht meines Bruders herum. »Du willst unbedingt den Apfel haben? Na dann, nimm ihn! Los! Iss ihn!«

Jonah wird ganz blass. »Ach, schon gut. Ich hab irgendwie gar keinen Hunger mehr.«

Auf einmal zieht die schmelzende Frau ihren schwarzen Umhang aus, unter dem sie ein schwarzes Kleid trägt, und schlägt mit dem Umhang nach Jonah.

»Hey!«, protestiere ich.

Dann fuchtelt sie mit geballten Fäusten in der Luft herum – in der einen hält sie immer noch den Apfel – und brüllt dabei wie ein Löwe. Sie ist echt vollkommen übergeschnappt. Da sehe ich etwas an ihrem Hals glitzern. Es sieht aus wie eine Kette mit einer Art Anhänger. Ich glaube, es ist ein Schlüssel, aber ich kann es nicht genau erkennen.

Plötzlich starrt sie meinen Bruder an, geht mit zusammengekniffenen Augen zwei Schritte auf ihn zu und knurrt: »Das wirst du mir büßen. Du hast meinen ganzen Plan ruiniert.«

Was fällt ihr ein?! Ich schlinge den Arm um Jonah und schreie: »Wagen Sie es ja nicht, meinen Bruder zu bedrohen! Wir haben keine Angst vor Ihnen!«

Und von was für einem *Plan* redet sie überhaupt? Nur weil ich einen Plan habe, muss sie auch unbedingt einen haben, oder was?

Nur, dass ich leider keinen Plan habe. Nicht wirklich.

Die Frau lacht, ein schreckliches, schrilles Lachen. Ein Lachen, bei dem Spiegel bestimmt nicht nur wackeln, sondern zerspringen. Bei dem es wirklich jeder mit der Angst zu tun bekommt.

Schließlich schleudert sie ihren Korb zu Boden und stapft in den Wald davon.

Mein Bruder neben mir zittert.

»Ich will jetzt nach Hause«, flüstert er.

»Ich auch. Wir gehen auch gleich nach Hause«, sage ich mit gespielter Zuversicht. Wenn Jonah, der Abenteuer *liebt*, Angst hat, dann steht die Welt eindeutig kopf. Und wenn die Welt kopfsteht, dann muss jetzt wohl ich die Mutige sein. Ein *ziemlich* beunruhigender Gedanke.

Denke nach, Abby. Der Plan. Was ist der nächste Schritt

in deinem Plan? Hah! Ich hab's! Wir benutzen einfach das Telefon von dem Mädchen! Ja! Wir rufen einfach zu Hause an! Und dann holen Mama und Papa uns ab. Und wenn sie nicht mit dem Auto hierherkommen können, können sie immer noch durch den Spiegel gehen. Ich klopfe an die Tür. Einmal. Zweimal. Dreimal. Ich gebe nicht auf.

»Bitte geht«, sagt das Mädchen hinter der Tür mit müder Stimme. »Ich habe doch gesagt, dass ich niemanden hereinlassen darf.«

»Ja, aber wir schmelzen nicht, und wir sind auch kein bisschen unheimlich«, bettele ich. »Mein Bruder und ich, wir … wir würden nur gerne mal dein Telefon benutzen.«

»Mein was?«

»Dein Telefon!«

»Ich weiß nicht, wovon du sprichst!«

Jonah stößt mich mit dem Ellenbogen an. »Frag sie, ob sie was zu essen für uns hat.«

»Ich verspreche dir, dass du keine Angst vor uns zu haben brauchst«, sage ich. »Wir sind ganz gewöhnliche Kinder, und mein Bruder hat großen Hunger. Hast *du* dich denn noch nie verlaufen?«

Stille.

Ich halte den Atem an.

Und dann öffnet sich wie durch ein Wunder die Tür, und wir sehen das Mädchen in voller Größe. Sie ist schätzungsweise ungefähr so alt wie meine Kusine, die sechzehn ist. Und sie ist sogar noch hübscher, als ich zuerst dachte, bis darauf, dass sie die Stirn so heftig runzelt, dass ihre blasse Haut ganz knitterig aussieht.

»Ich werde deswegen noch Ärger bekommen«, sagt sie. Sie kneift die roten Lippen zusammen und öffnet die Tür noch ein bisschen weiter. »Aber gut. Kommt rein.«

Kapitel 7

Hallo, Schnee

Ich bin Abby, und das ist mein Bruder Jonah«, sage ich, als wir das Haus betreten. Nur ist es kein richtiges Haus. Es ist eher so etwas wie, na ja, eine *Hütte*, aber das klingt eigentlich nach einem Wort, wie es nur meine Oma benutzen würde.

Alles hier drin ist klein. Richtig klein. Ein kleiner Tisch. Kleine Stühle. Eine kleine Lampe. Und alles ist sehr ordentlich. Die Kissen sind aufgeschüttelt und hübsch auf dem Sofa drapiert. Der Tisch ist vorbildlich gedeckt. Gabel, Teller, Messer; Gabel, Teller, Messer – acht Mal. Sie muss eine große Familie haben. Na ja, eine *kleine* große Familie. Aber wo sind die anderen alle?

»Ähm, freut mich sehr, euch kennenzulernen.« Das Mädchen zögert. Sie nestelt am Saum ihres Kleides, und ich habe irgendwie den Eindruck, dass sie Besuch nicht gewohnt ist. »Ich bin Schnee.«

Schnee? Wer heißt denn bitte Schnee?!

»Was für ein interessanter Name«, antworte ich. Oder

vielleicht denke ich es auch nur und sage es in Wirklichkeit aber gar nicht. Meine Augenlider sind auf einmal ganz schwer. Ich kann die Augen kaum noch offen halten. Dann muss ich gähnen.

Mein Bruder zwickt mich in den Arm.

Autsch! »Ich bin hellwach!«, sage ich zu ihm, obwohl das natürlich nicht stimmt. Es ist spät. Und wir sind kilometerweit gelaufen. Und es ist so schön warm hier drinnen.

Er wackelt mit den Augenbrauen.

»Was?«, frage ich.

»Sie heißt *Schnee*«, sagt er und wackelt wieder mit den Augenbrauen.

»Ja, Jonah.« Ich werfe ihm einen vielsagenden Blick zu. »Ich habe es gehört.«

»Schnee«, wiederholt er, indem er meinen Blick erwidert.

Boah, ich fühle mich auf einmal ganz benebelt – aber das ist kein Grund, meine guten Manieren zu vergessen. »Oh, ja. Entschuldigung. Schön, dich kennenzulernen, Schnee. Können wir vielleicht mal kurz dein Telefon benutzen?«

»Das hast du schon mal gefragt, aber ich weiß wirklich nicht, was du damit meinst«, sagt Schnee.

Ich seufze. Wer bitte schön weiß denn nicht, was ein Telefon ist? Aber das sage ich natürlich nicht. Das wäre megaunhöflich. Vielleicht geht sie ja nicht zur Schule, sondern wird zu Hause unterrichtet. Oder sie ist eines von diesen Kindern, die nie fernsehen und kein Handy benutzen dürfen.

Jonah zwickt mich schon wieder. »Abby«, flüstert er. »Schnee ist …«

»Hör auf«, murmele ich und muss schon wieder gähnen.

Warum muss er sich nur immer so danebenbenehmen? Ich kann ihn aber auch wirklich nirgendwo mit hinnehmen.

»Aber ...«

»Pst! Schluss jetzt. Klappe zu.« Wenn Mama und Papa das zu ihm sagen, dann muss er nämlich still sein und leise bis hundert zählen.

»Wollt ihr euch vielleicht setzen?«, fragt Schnee und zeigt auf das Sofa.

Ja! »Danke«, sage ich. Mir tut alles weh. Meine Füße brennen. In Puschen herumzulaufen war nicht gerade die beste Idee. Hätte ich geahnt, dass uns eine Waldwanderung bevorsteht, als Jonah mich geweckt hat, hätte ich Turnschuhe angezogen. Und sie ordentlich zugeschnürt.

Ich lasse mich aufs Sofa fallen. Ich bin ja sooo müde. Nur ist das Sofa leider etwas unbequem. Es ist viel zu klein. Wer passt denn bitte auf so ein Sofa?

Jonah quetscht sich neben mich. Und hüpft auf dem Sofa herum.

»Musst du mal?«, frage ich ihn. Ist das anstrengend, die Augen offen zu halten, wenn man so müde ist!

Jonah schüttelt den Kopf. Dann fängt er an zu kichern. Er *kichert*!

Was ist nur los mit ihm? Wird er denn nie müde?

»Kann ich euch irgendetwas anbieten?«, fragt Schnee.

»Hast du Chips?«, fragt Jonah.

Schnee sieht ihn verständnislos an. »Das kenne ich leider auch nicht.«

Anscheinend sind ihre Eltern auch noch Gesundheitsfanatiker.

»Wohnt ihr zwei hier in der Gegend?«, fragt sie dann.

Na also, jetzt kommen wir der Sache doch schon näher.

»Ja!«, sage ich. »Ich meine, nein! Ich meine, kannst du uns vielleicht sagen, wie wir von hier zur Sheraton Street kommen?« Als mir klar wird, wie schwachsinnig ich mich anhören muss, füge ich hinzu: »Ähm, da wohnen wir nämlich. Wir sind gerade hergezogen.«

»Ich habe noch nie von einer Sheraton Street gehört«, sagt sie. »Also habt ihr euch *wirklich* verlaufen? Ihr tut nicht nur so?«

Ich lache nervös. »Kommen hier denn sonst alle verkleidet vorbei?«

»Nur meine Stiefmutter.«

Jonah fängt wieder an zu hüpfen.

»Jonah, hör auf damit«, sage ich. Und an Schnee gewandt frage ich: »Warum sollte sich deine Stiefmutter denn bitte schön verkleiden?«

»Damit ich sie nicht erkenne.«

Ich runzle die Stirn, denn was sie sagt, ergibt überhaupt keinen Sinn und gleichzeitig aber doch. Es kommt mir vor, als würde mir jemand ein Puzzleteil nach dem anderen reichen, aber immer nur eins auf einmal, und wenn ich nicht so müde wäre, könnte ich sie vielleicht alle zusammenfügen, und es würde sich ein Bild daraus ergeben.

»Ich bin froh, dass ihr aufgetaucht seid«, fährt Schnee fort. »Sonst hätte ich wahrscheinlich meine Stiefmutter an der Tür nicht erkannt und hätte den Apfel gegessen. Und wer weiß, was dann passiert wäre?«

»Ich weiß es!«, platzt Jonah heraus. »Du hättest den

Apfel gegessen, und der wäre vergiftet gewesen. Das wäre passiert!«

Ungefähr eine Minute lang hat er es geschafft, den Mund zu halten. Gar nicht mal so schlecht für Jonah. Aber Moment mal! Was hat er gerade gesagt? »Der Apfel wäre vergiftet gewesen?!«

»Ja«, sagt Jonah. »Die Stiefmutter von Schnee wollte sie mit einem vergifteten Apfel umbringen, und deswegen hat sie sich verkleidet. Damit Schnee die Tür aufmacht. Kannst du dich gar nicht mehr an die Geschichte erinnern? Oma hat sie uns doch ständig vorgelesen!«

Stiefmutter.

Apfel.

Verkleidung.

Gift.

Auf einmal bin ich hellwach. »Ach, du meine Güte!«

»Na endlich!«, ruft Jonah und schlägt die Hände überm Kopf zusammen.

Nein. Ja. Unmöglich. »Du bist Schneewittchen?«, frage ich. »Das kann nicht sein!«

Sie klimpert mit ihren blauen Augen. »Woher kennst du meinen ganzen Namen?«

Kapitel 8

Wir sind eindeutig nicht *mehr in Smithville*

Ich sehe mich in dem kleinen Haus um und betrachte die ganzen kleinen Möbelstücke.

Ich denke über den Apfel nach und die verkleidete Frau. Die verkleidete Stiefmutter.

»Du bist Schneewittchen?«, frage ich noch mal.

Sie nickt.

»Das *echte* Schneewittchen?«

»Ich glaube schon. Oder gibt es noch ein anderes Mädchen, das so heißt?«

»Ich glaube, du bist das echte Schneewittchen«, meint Jonah.

»Aber …« Ich lasse mich auf einen der kleinen Stühle sinken. Mein Gehirn arbeitet auf Hochtouren.

Schneewittchen gibt es nur im Märchen. Das heißt, wenn dieses Schneewittchen das *echte* ist, dann sind Jonah und ich auch in … in einem … Das kann nicht sein. Leute stolpern nicht einfach durch Spiegel und landen in einem Märchen.

»Wir sind in der Geschichte«, kräht Jonah. »Wir sind verzaubert!«

»Aber so etwas gibt es nicht«, sage ich. »Nicht im richtigen Leben.«

»Vielleicht ja doch.«

»Aber … aber …« Ich suche angestrengt nach einer Erklärung, die Jonah vom Gegenteil überzeugt. Ich meine mich. Nein, ihn!

»Du willst doch mal Richterin werden, wenn du groß bist, oder?«, fragt Jonah mit irritierend gelassener Stimme.

»Ja, natürlich. Aber wie kommst du denn jetzt darauf?«

Er zuckt mit den Schultern. »Richter schauen sich die Beweise an, richtig?«

Ich schweige.

»Also guck dir die Beweise an.«

Ich will nicht. Aber ich tue es. Ich betrachte das Mädchen vor mir:

– Schwarzes Haar

– Blasse Haut

– Rote Lippen

Genau wie im Märchen.

Ich sehe mich in der Hütte um: Kleines Sofa. Kleiner Tisch. Kleine Stühle. Für kleine Leute. *Auch genau wie im Märchen.*

Ich sage zu Jonah: »Sie ist es wirklich.« Dann wende ich mich wieder an Schnee. »Du bist es wirklich!«

Ich starre Schneewittchen an. Das echte Schneewittchen. Ich befinde mich in Schneewittchens Wohnzimmer.

Kein Wunder, dass sie mir so bekannt vorkam. Ich hatte mal ein T-Shirt mit ihrem Gesicht darauf! Und hatte ich mich nicht auch einmal zu Halloween als Schneewittchen verkleidet? Und – Moment mal – sie ist außerdem auch auf meinem Schmuckkästchen! Das Schmuckkästchen, das auf meiner Kommode steht. Da sind jede Menge Märchenfiguren drauf, und sie ist definitiv auch mit dabei. Und ich glaube, da trägt sie sogar genau den gleichen bauschigen Rock mit dem dazu passenden Oberteil, den sie jetzt auch anhat.

»Wer sollte ich denn auch sonst sein?«, fragt sie.

»Du bist berühmt!«, jubelt Jonah. »Wir haben noch nie jemand Berühmtes getroffen.«

Da wird Schneewittchen rot. »Du meinst, weil ich eine Prinzessin bin?«

»Nein, nicht deswegen«, antworte ich. »Aber deine Geschichte haben wir schon tausendmal erzählt bekommen.«

»Wirklich?«, fragt sie besorgt. »Von wem? Von Xavier, dem Jäger? Er hat gesagt, er würde keiner Menschenseele etwas davon sagen!«

»Nein, wir kennen deine Geschichte aus Büchern«, sagt Jonah. »Es gibt sogar Filme über dich.«

Sie runzelt die Stirn. »Was ist das – Filme?«

»Ein Film ist eine Geschichte«, sage ich. »Aus Bildern. Und die bewegen sich.«

»Aber ich bin doch jetzt hier«, entgegnet sie. »Wie kann ich dann in Büchern und Filmen sein?«

Sehr gute Frage. »Ich weiß es nicht«, antworte ich wahrheitsgemäß.

Wir schweigen. Ich finde das alles sehr verwirrend, aber gleichzeitig ist mir irgendwie auch ganz schwindelig, denn,

HEY, wie cool ist das bitte?! Schneewittchen steht direkt neben mir! Ich bin in einem Märchen!

Doch Schnee seufzt. »Dann wisst ihr also, dass meine Stiefmutter mich umbringen will?«

»Ja«, sagt Jonah. »Ganz schöner Mist!«

»Sie hat Xavier, den Jäger, geschickt, um mich zu töten, aber ich habe ihm leidgetan, also hat er mich laufen lassen«, erzählt sie. »Und dann habe ich mich im Wald verirrt. Irgendwann bin ich dann hier bei diesem Häuschen gelandet. Und ich war schrecklich müde. Also habe ich mich auf eines der Bettchen gelegt und bin eingeschlafen. Und als ich wieder aufgewacht bin, starrten mich auf einmal lauter kleine Leute an.«

Da hören wir ein Rascheln draußen vor der Tür, und im nächsten Moment schwingt die Tür auch schon auf, und ein kleiner Mann kommt herein.

Zwei kleine Männer. Drei.

»Da sind sie auch schon …«, sagt Schnee.

Und sie sind es wirklich! »Die sieben Zwerge!«, rufe ich und schlage mir sofort die Hand auf den Mund. Das soll man doch nicht sagen, oder? *Zwerg*?

»Hallo«, sagt der erste Zwerg. Er ist der größte der sieben und wahrscheinlich auch der älteste. Er hat eine ziemlich laute Stimme. »Stimmt irgendwas nicht?«

Sofort nehme ich die Hand vom Mund. »Entschuldigung, ich wollte nicht Zwerg zu Ihnen sagen. Wie soll ich Sie denn nennen?«

»Ich bin Alan«, dröhnt er. »Der mit den vielen Haaren ist Bob. Der Hübsche da ist Jon. Der mit den großen Zähnen ist

Stan, Tara ist die mit dem Zopf, Enid die mit den rosa Haaren und Frances die mit dem Gehstock.«

Tara, Enid und Frances? Drei der Zwerge sind Frauen? Daran kann ich mich gar nicht erinnern. Aber vielleicht wurde es in der Geschichte auch nie gesagt, ob die Zwerge Männer oder Frauen sind, und ich habe immer nur gedacht, es wären alles Männer. Ups.

Sie sehen auch ganz anders aus als die Zwerge im Disney-Film. Und sie heißen gar nicht Schlafmütz, Happy oder Hatschi.

»Hallo«, sagt Jonah. »Schön, euch kennenzulernen!«

»Und jetzt, da ihr wisst, wer wir sind«, sagt Alan, »wollt ihr uns vielleicht auch verraten, wer ihr seid?«

»Und was ihr in unserem Haus macht?«, fragt Stan.

»Antwortet!«, sagt Frances, wobei sie die Augen zukneift und mit ihrem Gehstock auf uns zeigt.

Mein Herz setzt einen Schlag aus. Die Zwerge machen mir irgendwie Angst. Ich schiebe Jonah hinter mich, um ihn zu beschützen.

Doch er drängt sich an mir vorbei und ruft: »Ich bin Jonah! Und ich finde es toll hier!«

Bob zieht an seinem Kinnbart. »Schnee, wir haben dir doch gesagt, du darfst niemanden hereinlassen, wenn wir nicht da sind!« Er hat wirklich ziemlich viele Haare. Kinnbarthaare, Schnurrbarthaare, Kopfhaare. Und Brusthaare, die aus seinem Ausschnitt gucken. »Hast du denn von den letzten beiden Malen, als du die Tür geöffnet hast, gar nichts gelernt?«

»Ich weiß ja«, seufzt Schnee. »Aber die beiden haben sich verlaufen.«

»Genau«, bestätige ich. »Wir haben uns bloß verlaufen. Bitte tun Sie uns nichts.«

Alan schüttelt den Kopf. »Aber du sollst doch nicht mit Fremden reden.«

»Fremde sind Freunde, die ich noch nicht kennengelernt habe«, sagt Schnee, doch dann sieht sie auf einmal sehr traurig aus. »Das hat mein Vater immer gesagt.«

»Sie brauchen keine Angst vor uns zu haben«, verspreche ich, und dabei hebe ich die Hände hoch als Geste, dass ich unbewaffnet bin. »Wir würden keiner Fliege etwas zuleide tun.«

Schnee nickt. »Sie haben mich vor meiner Stiefmutter gerettet. Sie war nämlich schon wieder hier und wollte mir einen vergifteten Apfel geben, aber die beiden haben das verhindert.«

»Nicht schlecht«, meint Enid. Dann fährt sie sich mit der Hand durch ihre rosa Haare.

Frances lässt den Gehstock sinken.

Tara zieht an ihrem Zopf.

Bob zupft an seinem Bart.

Jon sieht einfach weiter gut aus.

Alan nickt. »Ich schätze, wir sollten uns bei euch bedanken.«

»Vielen Dank«, sagen alle Zwerge auf einmal.

Vor Freude werde ich ganz rot. »Keine Ursache.«

Jonah streckt stolz die Brust raus. »Immer wieder gerne.«

»Wie wäre es mit immer?«, grummelt Frances. »Jedes Mal, wenn wir sie alleine lassen, unternimmt ihre Stiefmutter irgendetwas Schreckliches. Wisst ihr, wie schwierig es ist, jemanden fürs Kochen und für die Hausarbeit zu finden? Hey, seid ihr beide nicht auch auf der Suche nach einer Bleibe?«

»Cool!«, jubelt Jonah.

»Sie ist nicht nur unsere Haushälterin«, sagt Alan und sieht Frances dabei vorwurfsvoll an. »Sie ist wie eine kleine Schwester für uns.«

Klein? Schneewittchen ist zweimal so groß wie die Zwerge.

»Ich finde es irgendwie traurig, dass du als Prinzessin kochen und putzen musst«, sage ich und denke, wie unfair das alles doch ist. »Aber wahrscheinlich kannst du nirgendwo anders hingehen.«

»Es macht mir nichts aus«, sagt Schnee. »So bin ich beschäftigt. Sonst müsste ich den ganzen Tag daran denken, dass …« Doch dann bricht sie mitten im Satz ab. Doch ich weiß ja, dass sie es in letzter Zeit ganz schön schwer gehabt haben muss mit ihrer Stiefmutter, die versucht, sie zu töten und so, deswegen frage ich nicht weiter nach.

Die arme Schnee. Ich schaue zu meinem Bruder. »Jonah, wir können nicht hierbleiben. Wir müssen nach Hause. Mama und Papa werden sich Sorgen machen, wenn sie aufwachen und wir nicht da sind.« Obwohl es natürlich ziemlich toll wäre, noch eine Weile im Märchen zu bleiben. Ich meine, wie viele Leute haben schon die Gelegenheit, das echte Schneewittchen kennenzulernen?

»Aber wir wissen doch gar nicht, wie wir nach Hause kommen«, sagt Jonah.

»Wir sollten zurück in den Wald«, sage ich. »Vielleicht finden wir den Weg zurück, wenn wir dahin gehen, wo alles angefangen hat.«

Das einzige Problem ist nur, dass ich nicht mehr weiß, wie wir wieder dahin kommen. Ich hätte den ganzen Weg entlang Brotkrumen fallen lassen sollen, so wie bei Hänsel und Gretel. Ich frage mich, ob sich die Leute aus den Märchen möglicherweise alle untereinander kennen. »Hey, kennt ihr zufällig Gretel?«, frage ich. »Die Schwester von Hänsel?«

»Wen?«

»Ach, egal.« Wahrscheinlich würde ein armes, von den Eltern verstoßenes Mädchen wie Gretel eh keine Prinzessin kennen.

»Könnt ihr nicht wenigstens noch zum Essen bleiben?«, fragt Schnee.

»Ja!«, ruft Jonah. »Ich bin am Verhungern.«

»Ich treffe hier die Entscheidungen«, sage ich. »Ich bin die Ältere.« Da knurrt mein Magen.

Irgendwie habe ich ja auch Hunger. Und wir sind heute ganz schön viel gelaufen.

Ich bin die Ältere und trage die Verantwortung. Ich muss dafür sorgen, dass wir auftanken, bevor wir uns wieder auf den Heimweg machen.

Und außerdem sind draußen knurrende Tiere.

Und eine rachsüchtige Stiefmutter.

»In Ordnung«, sage ich. »Wir bleiben.«

Kapitel 9

So geht die Geschichte nun mal

Ich verstehe das nicht«, sagt Stan, während er seine riesigen Zähne in ein Stück Fleisch aus dem Eintopf haut. »Woher wusstet ihr denn, dass die alte Frau in Wirklichkeit die böse Königin war?«

»Weil wir die ganze Geschichte kennen«, erkläre ich. »Wir haben sie gelesen. Sie heißt *Schneewittchen*.«

»Nein«, sagt Jonah. »Sie heißt *Schneewittchen und die sieben Zwerge*.«

»Das sind wir!«, quietscht Enid und streicht sich ihr rosafarbenes Kleid glatt. »Die sieben Zwerge! Wir sind berühmt!«

»Ich glaube, die richtige Geschichte, die von den Gebrüdern Grimm geschrieben wurde, heißt einfach nur *Schneewittchen*.« An die Zwerge gewandt füge ich hinzu: »Aber ihr kommt da natürlich auch schon drin vor.«

»Habt ihr Ketchup?«, will Jonah wissen.

»Ist das was zu essen?«, fragt Schnee.

»Ja«, sagt Jonah. »Etwas sehr Leckeres zu essen.«

Sie schütteln alle den Kopf.

»Noch nie gehört«, erwidert Schnee.

»Dann bist du also eine Wahrsagerin?«, fragt mich Bob. Zumindest glaube ich, dass es Bob war. Ich kann gar nicht sehen, ob sich unter all seinen Haaren die Lippen bewegen.

»Nee«, sage ich. »Wir sind zwei ganz normale Kinder. Keine Wahrsager.«

»Doch, irgendwie schon«, sagt mein Bruder mit vollem Mund. »Schließlich wissen wir, was passieren wird.« Erstaunlich, dass er das Essen mag und gar nicht versucht, die Fleischstücke in seinen Socken zu verstecken. Der Eintopf schmeckt irgendwie ekelhaft. Schnee ist nicht gerade die beste Köchin der Welt.

Frances beäugt mich misstrauisch. »Bist du etwa eine Hexe? Noch mehr krumme Sachen können wir hier nämlich nicht gebrauchen, verstanden?«

Ich schüttele den Kopf. »Nein, keine Hexe, keine krummen Sachen, nichts dergleichen.« Na ja, abgesehen davon, dass wir durch einen Spiegel hierhergekommen sind.

»Wo wohnt ihr denn?«, dröhnt Alan.

»In Smithville«, antworte ich. »Leider.«

Alan schüttelt den Kopf. »Ich kenne kein Smithville.«

»Das überrascht mich nicht. Ich schätze mal, es ist ziemlich weit weg von hier«, sage ich. *Unendlich* weit weg, fürchte ich. »Wo sind wir hier überhaupt?«

»Ihr seid in unserer Hütte«, antwortet Bob.

»Ja, aber wo befindet sich eure Hütte?«, frage ich.

»Im Königreich von Zamel«, erwidert Alan.

»Zamel!«, ruft Jonah begeistert. »Was für ein toller Name!«

Häh? »Zamel? Wo ist Zamel?«

Frances verdreht die Augen. »Hier.«

Und wie kommen wir jetzt von hier nach Smithville?

»Könnt ihr uns etwas darüber erzählen?«, fragt Schnee.

»Über Smithville? Smithville ist eine Stadt in den Vereinigten Staaten von Amerika«, sage ich.

»Nein, ich meine, über die Geschichte«, sagt Schnee. »Könnt ihr uns erzählen, wie sie weitergeht?«

»Ja«, rufen alle Zwerge gleichzeitig. »Erzählt uns die Geschichte! Wir lieben Geschichten!«

Ich sehe meinen Bruder an und zucke mit den Schultern. Wahrscheinlich können wir es ihnen schon erzählen, denn schließlich handelt das Märchen ja von ihnen. Ich weiß nur nicht, ob ich mich noch richtig an alles erinnern kann. In dem Buch aus der Bibliothek ist es das fünfte Märchen. Aber ich habe heute nur die ersten zwei geschafft, und dass ich die Geschichte zum letzten Mal irgendwo gehört habe, ist schon länger her, das war, bevor wir umgezogen sind. »Es war einmal …« Ich breche ab und fange noch einmal an: »Es ist schon ein paar Jahre her, da gab es mal so eine Königin.« Und dann? Hm. Oh, ja! »Sie stach sich mit einer Nadel in den Finger, und ein paar Tropfen Blut fielen auf den …« Ich habe vergessen, worauf sie fielen. Was war es nur? Ah, richtig! »Auf den Schnee. Und die Königin fand, dass sich das rote Blut auf dem weißen Schnee sehr gut machte. Moment. Ihr gefiel die Kombination von Rot und Weiß und noch etwas Schwarzem. Jonah, weißt du noch, woher das Schwarz kam?«

Er schüttelt den Kopf. »An den Teil kann ich mich gar nicht mehr erinnern.«

Jonah hat meine Begeisterung für die Geschichten, die uns unsere Oma früher vorgelesen hat, nie wirklich geteilt. Er hat dann immer ganz abwesend gewirkt, weil er viel lieber spielen gehen als zuhören wollte.

»Wie auch immer. Die Königin hat sich gewünscht, ein Kind zu bekommen mit Haut so weiß wie Schnee, Haaren so schwarz wie, ähm, die Nacht und Lippen so rot wie Blut.«

»So weiß wie Schnee«, wiederholt Bob nickend. »Daher hat sie also ihren Namen.«

»Oh«, flüstert Schnee. Ihr stehen Tränen in den Augen. »Ich wusste gar nicht, dass sich meine Mutter mich gewünscht hat. Ich wusste gar nicht, dass ich deswegen so aussehe.«

»Sie muss dich wirklich sehr geliebt haben«, stellt Tara fest.

»Das hat sie ganz bestimmt«, bestätige ich, und dabei kriege ich selber ganz feuchte Augen. Denn was als Nächstes passiert, ist schrecklich traurig. Ich räuspere mich. »Und dann starb die Königin.«

Schnee kullert eine Träne über die Wange.

Oh. Arme Schnee. Ich fasse über den Tisch und berühre behutsam ihre Hand. »Soll ich aufhören?«

Sie schnieft. »Nein, erzähl ruhig weiter. Es ist nur nicht leicht, das zu hören.«

Ich nicke. »Dann hat der König wieder geheiratet. Und die neue Königin war sehr eingebildet. Jeden Abend hat sie sich vor ihren Zauberspiegel gesetzt und ihn gefragt, wer die Schönste im Land sei. Und jeden Abend hat er geantwortet, dass die Königin die Schönste ist.«

Da verdreht Schnee die Augen. »Sie ist wirklich ganz besessen von diesem Ding. Ihr könnt euch das gar nicht vorstellen. Sie redet ständig mit dem Spiegel.«

»Und dann, eines Abends, als die Königin wieder fragte, wer die Schönste sei, antwortete ihr der Spiegel: ›Schneewittchen‹.«

Schnee schnappt nach Luft. »Deswegen will sie mich also umbringen? Wegen dieses dummen Spiegels?«

»Du bist aber auch wirklich wunderschön«, verkündet Enid. »Vielleicht ist der Spiegel ja gar nicht so dumm.«

»Ich hatte ja keine Ahnung, dass sie deswegen meinen Tod wünscht«, sagt Schnee. »Ich dachte, sie will einfach nur die Wände meines Zimmers einreißen, damit sie das Schloss komplett renovieren kann. Sie muss nämlich ständig renovieren.«

»Jedenfalls war die Königin sehr aufgebracht«, fahre ich fort. »Sie überlegte sich, dass, wenn Schnee tot wäre, sie wieder die Schönste im Land wäre. Also beauftragte sie einen ihrer Jäger, Schnee umzubringen.«

Alle am Tisch schnappen nach Luft.

»Aber du bist doch immer noch da!«, sagt Bob zu Schnee.

Da schlägt sie die Augen nieder. »Ich habe Xavier angebettelt, mich nicht zu töten. Ich habe ihm versprochen, mich zu verstecken und mich nie wieder im Schloss blicken zu lassen.«

»Warum hast du uns das denn nicht erzählt?«, fragt Frances.

»Weil es so furchtbar war«, antwortet Schnee. »Ich wollte es einfach vergessen.«

»Der Jäger hatte Mitleid mit dir«, sage ich nickend. »Aber er hat der Königin erzählt, er hätte ihren Auftrag erfüllt. Und ich glaube sogar, er hat ihr Leber und Lunge von irgendeinem Tier gebracht, um zu beweisen, dass er dich getötet hat.«

Da schlägt Bob mit der Faust auf den Tisch. »Das ist ja schrecklich!«

»Daran kann ich mich erinnern!«, ruft Jonah vergnügt. »Hat sie das Zeug nicht sogar gegessen?«

Ich verziehe das Gesicht. Acht Augenpaare weiten sich vor blankem Entsetzen.

Das war ja klar, dass er sich *daran* erinnert.

»Sie ist abgrundtief böse«, flüstert Tara, während sie ihren Zopf knetet.

Ich nicke. »Und dann ging sie wieder zu ihrem Spiegel und fragte, wer die Schönste im Land sei, und der Spiegel antwortete immer noch, es sei Schnee.«

Stan gibt durch seine großen Zähne einen ächzenden Laut von sich. »Da muss sie ja ziemlich stinkig gewesen sein!«

Ich esse noch einen Löffel von dem Eintopf. Widerlich. Die Zwerge genießen wohl vor allem Schnees Gesellschaft, denn ihre Kochkünste lassen eindeutig zu wünschen übrig.

»Wie heißt denn die Königin?«, fragt Bob.

»Elise«, antwortet Schnee.

»Die fiese Elise«, reime ich. Einfach zu merken.

»Das ist sie wirklich«, sagt Schnee und bedeutet mir weiterzuerzählen.

»Und dann hat die fiese Elise sich überlegt, dass sie

Schnee besser selbst umbringt, als damit jemand anderes zu beauftragen.«

»Aber Abby«, unterbricht mich mein Bruder. »Was ist eigentlich mit dem König? Hast du dich das noch nie gefragt? Wie kann denn die Geschichte von einer Königsfamilie handeln und den König dabei ganz auslassen?«

Ich sehe Schnee an. »Er ist wahrscheinlich ein ziemlicher Waschlappen, oder?«

Da stehen ihr wieder die Tränen in den Augen. »Nein, er ist tot. Er ist bei einem Kampf ums Leben gekommen, als ich gerade fünf war.«

Ich und meine große Klappe. Die arme Schnee! Hat ihre Mutter *und* ihren Vater verloren! »Das tut mir leid.«

»Schon in Ordnung«, sagt sie traurig. Dann schiebt sie ihren Stuhl zurück und steht auf. »Mag noch jemand Eintopf? Ich habe ziemlich viel gekocht.«

»Nein, danke«, antworten alle wie aus der Pistole geschossen.

Alle bis auf Jonah. »Ja, ich!«

Ernsthaft?!

Schnee nimmt Jonahs Teller. »Sonst niemand? Wir werden eine Menge übrig haben.«

»Und was passiert als Nächstes?«, fragt Bob.

»Ich weiß es nicht mehr genau«, sage ich und überlege. »Ich glaube, Schnees Stiefmutter verkleidet sich ein paar Mal und versucht, sie zu töten? Und einmal probiert sie es mit einem geschnürten Mieder?«

»Das stimmt!«, ruft Alan. »Sie hat es so festgezogen, dass Schnee nicht mehr atmen konnte. Als wir nach Hause kamen, lag sie leblos auf dem Boden. Wir konnten sie gerade noch rechtzeitig von dem Ding befreien.«

»Und dann ist sie mit diesem giftigen Kamm wiedergekommen«, erzählt Enid und fährt sich dabei mit den Fingern durch ihre rosa Haare.

»Das war schrecklich«, fährt Alan dröhnend fort. »Als wir nach Hause kamen, lag Schnee wieder leblos auf dem Boden. Aber wir haben ihr den Kamm aus den Haaren gezogen und konnten sie gerade noch retten.«

Da sticht Frances mit der Gabel vor Schnee in die Luft und knurrt: »Du musst endlich damit aufhören, Fremde hereinzulassen.« Dann zeigt sie mit der Gabel auf Jonah und mich. »Ihr beide mal ausgenommen. Vielleicht. Ich habe mich noch nicht entschieden. Jetzt erzählt zu Ende.«

»Also«, sage ich. »Heute hat sie es zum dritten Mal versucht. Sie wollte Schnee einen giftigen Apfel zu essen geben. Und in der Geschichte isst Schnee den Apfel auch. Und als ihr dann nach Hause kommt, ist es zu spät!«

Da schnappen wieder alle nach Luft.

»Zu spät!«, kreischt Enid.

»Du meinst …« Jon hält sich die Augen zu. (Seine *strahlend* blauen Augen. Jon ist wirklich hübsch. Er könnte ein Filmstar sein, so hübsch ist er. Wenn es denn im Märchen Filme gäbe.)

Ich nicke, unfähig, die Worte auszusprechen.

Einen Augenblick lang ist es absolut still.

»Gott sei Dank seid ihr gerade im richtigen Moment gekommen«, sagt Enid. »Ihr habt Schnee das Leben gerettet.«

»Das sollten wir feiern!«, ruft Bob.

Ja, vielleicht sollten wir das. Wir haben Schneewittchen gerettet. Wir sind großartig! Wir sind Helden! Richtige Helden! Juhu!

»Stimmt nicht«, sagt Jonah. »In der Geschichte rettet sie der Prinz. Stimmt's, Abby?«

Oh. Ja. Der Prinz.

»Stimmt das? Wie macht er das denn?«, fragt Tara.

»Na ja«, sage ich. »Nachdem ihr sie wieder leblos auf dem Boden gefunden habt, legt ihr sie in einen ...« – ich will schon *Sarg* sagen, aber das hört sich doch zu schrecklich an – »in eine Kiste in den Wald, und dann kommt der Prinz vorbei und rettet sie.«

»Wie kann er sie denn retten, wenn sie tot ist?«, fragt Frances.

»Als er sie davontragen will, fallen ihr die giftigen Apfelstücke aus dem Mund, und sie ist plötzlich wieder lebendig«, sage ich. »Oder irgendwie so.«

»Ich dachte, er hat sie geküsst«, meint Jonah. »Und deswegen ist sie wieder aufgewacht.«

»Nein«, entgegne ich. »Das ist die Disney-Version. In der richtigen Geschichte ist es anders.«

»Ah, stimmt«, sagt Jonah. »Aber bei Dornröschen war es so, oder?«

»Richtig«, antworte ich.

»Mir gefällt die Version mit dem Kuss besser«, verkündet Enid.

»Aber so ist es gar nicht gewesen!«, erwidere ich leicht verärgert. »Ich meine, das ist nicht das, was passiert. Also, was passieren wird.«

»Ich finde beide Versionen unheimlich romantisch«, sagt Tara und tut so, als würde sie in Ohnmacht fallen, wobei sie zu Jon hinüberschaut.

»Also sterbe ich doch nicht?«, fragt Schnee.

Ich trinke schnell einen Schluck Wasser. »Doch, eigentlich schon. Aber dann geht es dir wieder besser, als der Prinz dich rettet. Und dann heiratet ihr und seid glücklich bis an euer Lebensende.«

»Im Märchen sind alle immer glücklich bis an ihr Lebensende«, behauptet Jonah.

»Nicht alle«, sage ich. »Nicht die Bösen.« Gerechtigkeit muss sein.

»Und gibt es in der Geschichte auch so etwas wie sprechende Tiere? Oder eine gute Fee?«, fragt Tara erwartungsvoll.

»Nein«, antworte ich. »Nicht in dieser.«

»Hmpf«, macht Frances. »Und so etwas nennt sich Märchen?«

»Ist doch egal!«, ruft Enid mit blitzenden Augen. »Dann ist der Prinz also Prinz Trevor? Aus dem Königreich Gamel? Er muss es sein. Er ist schließlich der einzige Prinz, der noch nicht verheiratet ist.«

Prinz Trevor aus Gamel? Und wir befinden uns im Königreich Zamel? Ernsthaft? »Ich kann mich nicht mehr an den Namen von dem Prinzen erinnern. Aber ich glaube, er sieht ziemlich gut aus.«

»So gut wie Jon?«, fragt Tara und schlägt sich die Hand vor den Mund.

»Das weiß ich nicht«, antworte ich und unterdrücke ein

Grinsen. »Schnee, bist du dem Prinzen denn schon einmal begegnet?«

»Nein«, sagt Schnee.

Frances schnaubt. »Ich habe einmal gesehen, wie Prinz Trevor einen Stein nach jemandem geworfen hat.«

»Tatsächlich?«, frage ich. »Das ist aber nicht besonders nett.«

Frances zuckt mit den Schultern und sagt: »Er war damals erst zwei. Aber trotzdem.«

»Lasst uns anstoßen«, ruft Alan.

Alle heben die Gläser.

»Schnee wird einen Prinzen heiraten!«

»Hipp, hipp, hurra! Hipp, hipp, hurra!«

Hm. Da gibt es nur ein klitzekleines Problem.

Denn Schnee hat den Apfel ja gar nicht gegessen.

Was bedeutet, dass sie nicht vergiftet wurde.

Und wenn sie nicht vergiftet wurde, dann ist sie auch nicht gestorben.

Und wenn sie nicht gestorben ist, dann kann der wahrscheinlich sehr hübsche Prinz sie nicht wieder zum Leben erwecken.

Das heißt, dass sie den wahrscheinlich sehr hübschen Prinzen wohl nicht heiraten wird.

Was bedeutet, dass Jonah und ich vermutlich ihr Leben ruiniert haben.

Kapitel 10

Ups

»Hipp, hipp, hurra! Hipp, hipp, hurra! Hipp, hipp ...«

»Hört auf!«, rufe ich dazwischen. »Schnee wird den Prinzen nicht heiraten!«

»Aber du hast es doch gerade selbst gesagt«, antwortet Alan verwirrt.

»Sie hätte ihn ja auch geheiratet, wenn wir nicht alles verdorben hätten. Es tut mir schrecklich leid, aber indem wir Schnee davon abgehalten haben, den vergifteten Apfel zu essen, haben wir ihre Geschichte verändert.« Mit *wir* meine ich ja eigentlich Jonah, aber ich werde ihn nicht hier vor allen bloßstellen. »Denn wenn sie nicht vergiftet wird, kann der Prinz sie auch nicht wieder zum Leben erwecken.«

Jonah beißt sich auf die Unterlippe. »Daran habe ich nicht gedacht.«

»Es tut uns schrecklich leid«, wiederhole ich. »Jonah, entschuldige dich bei Schnee.«

»Entschuldigung«, murmelt er. Er ist knallrot angelaufen.

»Kein Problem«, antwortet Schnee, aber sie lässt jetzt

den Kopf hängen. »Ich muss auch gar keinen Prinzen heiraten. Es macht mir nichts aus, für den Rest meines Lebens hier bei den Zwergen zu leben.«

»Nein«, entgegne ich schnell. Panik steigt in mir auf. »Nein, nein, nein. So geht die Geschichte aber nicht. Du kannst nicht für den Rest deines Lebens hierbleiben und allen hinterherputzen!« Wir müssen unseren Fehler irgendwie wiedergutmachen. Das müssen wir einfach. Geschichten sollten sich nicht verändern. Das dürfen sie einfach nicht! Denn was würde sonst nämlich passieren? Schnee würde ihren Prinzen nicht bekommen, sondern müsste für den Rest ihres Lebens den Zwergen hinterherputzen! Das wäre doch wirklich ungerecht! Und ich will doch, dass alles gerecht zugeht. Richter sorgen schließlich für Gerechtigkeit. »Außerdem ist es unfair, wenn die fiese Elise mit ihrer Bosheit davonkommt. In der Geschichte wird sie eigentlich bestraft.«

»Was passiert mit ihr?«, fragt Schnee.

»Ich weiß es nicht mehr«, sage ich und versuche mich zu erinnern.

»Sie muss Schuhe so heiß wie Kohlen anziehen und so lange tanzen, bis sie tot umfällt!«, ruft Jonah dazwischen.

Daran erinnert er sich natürlich wieder.

Schnee verzieht das Gesicht. »Autsch. Das ist ja furchtbar.«

Frances nickt. »Das hört sich ganz nach Prinz Trevor an. Das ist genau das Gleiche wie damals mit dem Stein.«

»Er war zwei, als er den Stein geworfen hat! Jonah hat Steine *gegessen*, als er zwei war.« Ich schüttele den Kopf. »Ich muss Schnees Geschichte wieder in Ordnung bringen.«

»Mach dir meinetwegen keine Gedanken«, sagt Schnee. »Ich komme schon zurecht. Ihr zwei müsst eh zusehen, dass ihr nach Hause kommt. Eure Eltern werden sich Sorgen machen.«

»Nein, ihr könnt jetzt nicht gehen«, widerspricht Bob. »Es ist schon dunkel. Das ist viel zu gefährlich. Ihr bleibt heute Nacht hier.«

»Ihr habt nicht zufällig ein Auto, mit dem ihr uns nach Hause fahren könnt?«, fragt Jonah.

»Wir haben Hoppala«, antwortet Bob. »Unser Pferd.«

»Hoppala ist ein Genie«, fügt Alan hinzu.

Als ich den Namen des Pferdes höre, muss ich einfach loskichern. Und ganz abgesehen von dem Namen: Kann ein Pferd überhaupt ein Genie sein? Ein Mensch, ja. Ich, vielleicht. Aber ein Pferd, das Hoppala heißt? Eher unwahrscheinlich.

»Was ist ein Auto?«, fragt Tara.

»Eine Kutsche, die ohne Pferde fährt«, erkläre ich.

Da kneift Frances wieder einmal die Augen zusammen. »Und du bist wirklich keine Hexe?«

»Nein«, sage ich. »Aber ich glaube, noch nicht einmal mit einem Auto – oder mit Hoppala – würden wir es nach Hause schaffen.« Wer weiß, ob wir überhaupt jemals wieder nach Hause kommen? Wer weiß, was zu Hause gerade los ist? Ich sehe auf meine Uhr. Viertel nach zwölf. Wie kann das sein?! Es war doch gerade kurz vor Mitternacht, als wir vom Spiegel verschluckt wurden. Und wir sind bestimmt mehrere Stunden herumgelaufen. Vielleicht ist die Batterie alle, und die Uhr ist stehen geblieben? Oder die Uhr ist deshalb stehen geblieben, weil zu Hause die Zeit stehen geblieben ist. Wieso nicht? Kann doch sein? Und wenn wir wieder nach Hause kommen, ist es immer noch genauso spät, wie als wir gegangen sind, und Mama und Papa haben uns gar nicht vermisst. Perfekt!

Als ich aus dem Fenster sehe, ist es tatsächlich schon ganz schön dunkel draußen. Und unheimlich. Und außerdem kann ich nicht gehen, ohne Schnees Geschichte wieder in Ordnung gebracht zu haben. Das geht einfach nicht. Das wäre nicht fair.

»Können wir wirklich bleiben?«, frage ich, denn ich will mich nicht aufdrängen.

»Selbstverständlich«, sagt Alan.

Cool, eine Pyjamaparty im Märchen! »Okay, wir bleiben.«

»Jonah!«, raune ich ihm ein paar Stunden später zu. »Du hast mich gerade ins Gesicht getreten!«

Alan hat leider vergessen zu erwähnen, dass Jonah und ich uns ein Bett teilen müssen.

Meine Füße hängen über den Rand, und die Füße meines Bruders sind für meinen Geschmack viel zu nah an meinem Mund. Wir schlafen an entgegengesetzten Enden des kleinen Zwergenbettchens in Schnees Zimmer.

Wie soll ich so bloß schlafen?! Und ich *muss* doch dringend schlafen. Ich bin schrecklich müde. Ich bin schon seit mindestens zigtausend Stunden wach. Okay, ich übertreibe. Ich weiß eigentlich gar nicht, wie lange ich schon auf bin, seit meine Uhr stehen geblieben ist. Aber ich muss trotzdem schlafen, um mir einen Plan einfallen zu lassen, wie wir

Schnees Geschichte wieder in Ordnung bringen können. Und dann wieder nach Hause kommen.

»Entschuldigung«, sagt Jonah. Und dreht sich um. Und wälzt sich. Und dreht sich wieder um. Und wälzt sich weiter. »Ich bin überhaupt nicht müde. Können wir nicht auf Entdeckungstour gehen? Ich will Krokodile sehen. Und Drachen. Und Piraten. Und ...«

»Pst«, mache ich und zeige auf das Bett neben unserem. »Schnee schläft. Und du solltest jetzt auch besser schlafen. Wir gehen jetzt *nicht* auf Entdeckungstour. Wir müssen uns was überlegen, wie wir Schnees Geschichte wieder in Ordnung bringen können. Und dann müssen wir uns was einfallen lassen, wie wir wieder nach Hause kommen.«

»Ihr braucht meine Geschichte nicht in Ordnung zu bringen«, meldet sich Schnee zu Wort. »Mir geht es doch gut hier.«

»Du bist ja wach«, sage ich. »Haben wir dich geweckt?«

»Ich schlafe nie besonders gut«, gibt Schnee zu. »Nicht mehr seit ...« Sie bringt den Satz nicht zu Ende.

»Seit was?«, fragt Jonah.

»Seit mein Vater gestorben ist«, sagt sie leise. Sogar im Dunkeln kann ich ihren traurigen Gesichtsausdruck erkennen. »Meine Mutter ist kurz nach meiner Geburt gestorben, ich habe sie also gar nicht gekannt. Dann hat mein Vater wieder geheiratet und ist ein paar Jahre später auch gestorben. Und die fiese Elise mochte mich noch nie besonders.«

»Wie war es denn, mit ihr zusammenzuleben?«, frage ich.

Da schnieft Schnee. »Sie hat mich einfach ignoriert. Im Schloss gab es jede Menge Bedienstete, sodass sie sich gar nicht um mich kümmern musste. Und dann hat sie eines Tages angefangen, mich immerzu anzustarren. Das war wahrscheinlich, als der Spiegel ihr erzählt hat, dass ich hübsch sei.«

Ich seufze. Es tut mir ja soo leid für Schnee. Wir müssen ihre Geschichte wieder in Ordnung bringen. Es ist einfach nicht fair! Warum sollte Schnee für die Zwerge kochen und putzen müssen, wenn sie ihr eigenes Schloss haben kann? Warum soll die fiese Elise mit ihrer ganzen Boshaftigkeit einfach so davonkommen? Und was ist mit dem Prinzen? Wenn wir die Geschichte nicht wieder hinkriegen, wird Schnee ihm niemals begegnen, und sie werden sich nicht verlieben und nicht glücklich bis an ihr Lebensende zusammenleben.

»Es tut mir so leid, dass wir die fiese Elise gestern aufgehalten haben«, sage ich.

»Ach, mach dir deswegen keine Gedanken«, sagt Schnee. »Meine Stiefmutter wird es bestimmt noch mal versuchen. Sie hat es schon dreimal versucht.«

»Warum lässt du sie denn immer wieder rein?«, fragt Jonah.

Voller Kummer blickt sie auf ihre Hände. »Ich weiß es nicht. Wahrscheinlich hoffe ich jedes Mal, dass es jemand anders ist. Dass es nicht wahr ist, dass sie mich so sehr verabscheut. Mein Vater sagte immer, man muss an das Beste im Menschen glauben.«

»Natürlich musst du an das Beste im Menschen glauben«, sage ich. »Aber nicht, wenn dich jemand umbringen will. Aber du hast recht. Die fiese Elise wird es auf jeden Fall noch mal versuchen. Wahrscheinlich quatscht sie gerade wieder mit ihrem Spiegel und fragt ihn, wer die Schönste im Land ist. Und wenn der Spiegel dann wieder antwortet, dass du es bist, wird sie sich einen neuen Plan überlegen, wie sie dich töten kann.« Und da habe ich auf einmal eine brillante Idee. »Hey, das ist großartig! Super!«

»Äh, ja«, murmelt Schnee. »Super.«

»Nicht super, dass sie versuchen wird, dich zu töten. Super, dass wir deine Geschichte wieder in Ordnung bringen! Die fiese Elise wird sich garantiert wieder verkleiden und hierherkommen. Und dann werden wir sie einfach *nicht* davon abhalten, sondern es *zulassen*, dass sie dich vergiftet!«

»Meinst du wirklich?«, fragt Jonah unsicher.

»Ja! Das ist es doch! Schnee wird vergiftet, du platzt diesmal nicht dazwischen und bettelst um einen Apfel, und die Geschichte geht weiter wie geplant.«

»Aber woher sollen wir wissen, dass sie es wieder mit Gift versucht?«, fragt Jonah. »Beim ersten Mal hat sie doch auch kein Gift benutzt. Da wollte sie sie ersticken.«

Stimmt.

Schnee schaudert es. »Und dann wollte sie doch noch meine Lunge und meine Leber essen.«

»Deine Stiefmutter hat wirklich ernsthafte Probleme«, stimme ich ihr zu. »Aber die letzten beiden Male hat sie Gift benutzt. Also wird sie es nächstes Mal hoffentlich wieder so probieren.«

»Sie *liebt* Gift«, sagt Schnee.

»Genau. Also, wenn sie wieder Gift benutzt, werden wir es so machen: Schnee wird das Gift schlucken, dann wird sie tot umfallen, die Zwerge werden sie in die Kiste legen, und dann wird der Prinz sie finden und retten, und sie wird wieder zum Leben erwachen ...«

»Und dann leben sie glücklich bis an ihr Lebensende!«, beendet Jonah meinen Satz.

Puh. Jetzt fühle ich mich besser. Alles wird wieder so sein, wie es war. Es ist ein perfekter Plan. Ich bin wirklich gut im Planen! Ich wette, man muss richtig gut planen können, wenn man Richterin werden will. Damit man die Strafen planen kann und so.

»Was meint ihr, wann sie das nächste Mal kommt?«, fragt Schnee.

Ich drehe mein Kissen um, damit es mit der kühlen Seite nach oben liegt. »Gute Frage. Wann ist sie denn letztes Mal gekommen?«

»Heute«, sagt Schnee.

»Nein, vor heute.«

»Gestern.«

»Und davor?«

»Vorgestern.«

»Perfekt«, sage ich und muss gähnen. »Dann kommt sie garantiert morgen.« Wunderbar. Wir kümmern uns morgen um alles.

Zuerst bringen wir Schnees Geschichte in Ordnung.

Dann finden wir heraus, wie wir nach Hause kommen.

Kapitel 11

Alle Kinder mögen Kekse

Als es am nächsten Morgen an der Tür klopft, sind die Zwerge alle schon zur Arbeit. Ich weiß nicht, was sie genau arbeiten, aber sie machen einen sehr fleißigen Eindruck.

»Das ist sie!«, flüstere ich und lege meinen Löffel wieder hin. Ich bin eh nicht so wild auf das Frühstück. Der Haferschleim, den Schnee gekocht hat, lässt mich mein Zuhause schmerzlich vermissen.

Schnee wird noch blasser, als sie ohnehin schon ist. »Vielleicht sollte ich besser nicht öffnen.«

Ich stütze die Hände in die Hüften. »Du musst aber! Das ist doch der Plan!«

Jonah zieht mich am Arm. »Wann gehen wir endlich auf Entdeckungstour?«

»Nicht jetzt, Jonah«, flüstere ich.

»Ich weiß. Aber wann dann?«

»Pst! Wenn wir hiermit fertig sind.«

»Aber ich will nicht vergiftet werden«, jammert Schnee.

»Ich will lieber hier bei den Zwergen bleiben. Und nicht vergiftet werden.«

»Du merkst es bestimmt gar nicht«, sage ich, obwohl ich keine Ahnung habe, ob das stimmt. In der Geschichte wird nichts davon erwähnt, oder?

Ich schiebe den Vorhang ein bisschen zur Seite und sehe hinaus. Statt der alten Frau von gestern steht dort ein junges Mädchen. Sie trägt ein weißes Kleid und Zöpfe, und sie hält einen Teller mit klebrig aussehenden Keksen in den Händen.

»Fehlalarm«, sage ich. »Es ist nur ein kleines Mädchen.«

»Abby …«, fängt Jonah an.

»Ich habe gesagt, du sollst ruhig sein, Jonah!«

Doch anstatt ruhig zu sein, springt er wild umher. »Sie verkleidet sich doch jedes Mal anders! Es ist wahrscheinlich wieder die fiese Elise!«

»Oh, stimmt.« Ups. Na klar. Es hätte mich gleich stutzig machen sollen, dass sie so groß ist. Es ist wieder die verkleidete Königin! Sie ist ja so raffiniert! Und sie hat vergiftete Kekse dabei! »Schnee, bist du bereit? Alles läuft nach Plan! Mach die Tür auf und tu ganz normal. Sie darf keinen Verdacht schöpfen.«

»Es tut mir leid«, ruft Schnee durch das geschlossene Fenster. »Ich darf niemanden hereinlassen!«

Warum denn das?! »Du musst sie hereinlassen! Sonst kann sie dich nicht vergiften!«

»Aber du hast gesagt, ich soll mich ganz normal verhalten«, erwidert Schnee. »Und das ist das, was ich normalerweise sage.«

»Okay, aber pass auf, dass sie nicht wieder geht.«

»Ich habe Kekse!«, ruft das Mädchen von draußen. »Schokoladenkekse! Ich verschenke sie! Magst du einen? Ich bin bloß ein kleines Mädchen! Ein ganz harmloses, kleines Mädchen!«

»Perfekt«, flüstere ich Schnee zu. »Die Kekse sind genauso vergiftet wie der Apfel gestern. Du musst nur einen Keks essen, dann fällst du tot um, und die Geschichte geht wieder ganz normal weiter. Fall erledigt.« Ich mache einen Schritt zurück, damit die kleine fiese Elise mich nicht sieht. Dann schiebe ich den Vorhang wieder ein Stückchen zur Seite, um sie beobachten zu können. Jonah versteckt sich hinter dem Sofa.

Dann holt Schnee tief Luft. »Okay, los geht's!«, flüstert sie. Dann öffnet sie die Tür und sieht das Mädchen an. »Hallo, kleines Mädchen«, sagt sie mit lammfrommer Stimme.

Die Tür öffnet nach innen, und so ist mir die Sicht etwas versperrt. Aber ich kann immer noch durchs Fenster sehen. Ich sehe ein böses Funkeln in den Augen des kleinen Mädchens. Und ich kann ihre Sommersprossen erkennen. Die fiese Elise hat sich mit ihrer Verkleidung wirklich wieder mal richtig ins Zeug gelegt. Ich wette, an Halloween ist sie immer der Hammer.

Die Königin hält Schnee den Teller mit Keksen direkt vor die Nase. »Magst du einen? Riechen die nicht köstlich?«

Mein Magen knurrt. Sie riechen wirklich lecker. Ich hätte gerne einen Keks. Besonders, da ich mein Frühstück ja nicht aufgegessen habe.

Aber nein, keinen vergifteten Keks!

»Ähm, na gut«, sagt Schnee mit zittriger Stimme. »Ich nehme einen.«

»Wunderbar«, sagt das Mädchen. »Hier, such dir einen aus.«

Ich schnaube. Ich kann es nicht glauben, dass die fiese Elise wirklich denkt, dass Schnee noch mal auf den gleichen Trick hereinfällt. Offensichtlich ist sie nicht besonders intelligent. Hm. Wobei ich auch beinah darauf reingefallen wäre.

»O-okay«, sagt Schnee. »Mach ich. Ich such mir einen aus. Ich nehme einen.« Sie greift nach einem Keks und führt ihn langsam – *gaanz laangsam* – zum Mund.

Jetzt gibt es kein Zurück mehr! Sie wird vom Keks abbeißen, und dann geht die Geschichte weiter wie geplant, und das Problem ist gelöst. Jetzt müssen wir nur noch herausfinden, wie wir wieder nach Hause kommen.

Schnee öffnet den Mund und beißt in den Keks.

Und in dem Moment sehe ich es.

Das Mädchen hält einen Hammer hinter dem Rücken versteckt.

Einen Hammer.

Einen Hammer?!

Sie hebt den Hammer und holt damit aus.

Neeeiiin! So war das nicht geplant! In meinem Plan kommt kein Hammer vor!

»Stopp!«, schreie ich, so laut ich kann. Ich werfe mich auf Schnee und schubse sie zur Seite. Wir fallen beide hin.

Und Schnee spuckt den Keks aus.

Währenddessen saust der Hammer durch die Luft und

verfehlt sein Ziel. »Verflixt!«, ruft das Mädchen und dreht sich wie ein Kreisel.

»Warum hast du das gemacht?«, fragt mich Schnee, während sie sich auf die Ellbogen stützt, um aufzustehen.

»Sie wollte dich mit dem Hammer erschlagen!« Dabei hätte sie Schnee entzweihauen oder ihr ein Loch in den Schädel schlagen können! Und würde sich ein gut aussehender Prinz in ein Mädchen mit einem eingeschlagenen Schädel verlieben? Ich meine, mal ernsthaft. Und wer weiß, ob Schnee mit einem kaputten Kopf wieder zum Leben erweckt werden könnte?

»Du schon wieder«, keift das junge Mädchen und verzieht dabei den Mund zu einem spöttischen Grinsen. Ihre Schminke fängt schon wieder an zu laufen, und hinter ihrer Maske kann ich die fiese Elise erkennen. Und tatsächlich! Um den Hals trägt sie eindeutig eine Kette mit einem Schlüssel daran. Muss sie sich etwa selbst damit aufziehen oder was?

Die fiese Elise fuchtelt mit einem ihrer langen schwarzen Fingernägel vor meinem Gesicht herum. Hm. Also ein zweites Mal werde ich bestimmt nicht auf sie hereinfallen. Wenn der Schlüssel um ihren Hals sie nicht schon verrät, dann werden es definitiv ihre Fingernägel tun. »Warum musst du mir schon wieder meinen Plan verderben?!«, faucht sie mich an.

Macht sie Witze? »Ich verderbe *Ihnen* den Plan?! Sie verderben mir *meinen*!«

Und bevor sie *mich* mit dem Hammer erschlägt, schlage ich ihr mit dem nackten Fuß die Tür vor der Nase zu.

Die fiese Elise rüttelt von außen an der Tür. »Ich komme

auch so herein! Du wirst mich nicht aufhalten!« Und dann wirft sie sich gegen die Tür und fängt an dagegenzutreten. Dann hört sie auf. Ich schiele aus dem Fenster. Zwei Sekunden später brabbelt sie etwas vor sich hin und schlägt mit dem Hammer auf die Tür ein.

Beim nächsten Hieb fliegt die Tür fast aus den Angeln.

»Wir müssen sie aufhalten!«, ruft Jonah und schiebt das Zwergensofa vor die Tür.

»Gute Idee«, sage ich. »Wir brauchen mehr!« Wir ziehen den kleinen Esstisch und die Stühle aus dem Esszimmer. Ich wünschte nur, sie wären nicht so klein (und leicht). Ich schiebe die Möbel vor die Tür, Schnee hilft mit, und mein Bruder auch. Wir werden die fiese Elise nicht – nein, wir werden sie nicht hereinlassen. Auf der anderen Seite der Tür hören wir sie schreien und ächzen und hämmern. Wir blockieren die Tür mit allen Möbelstücken und Gegenständen, die wir nur finden können. Mit dem Mülleimer. Stühlen. Einem Kochtopf. Zum Glück sind die Fenster so wie alles andere nur zwergengroß. Die fiese Elise würde niemals hindurchpassen.

»Wir müssen sie verscheuchen«, sagt Jonah.

»Aber wie?«, fragt Schnee.

Ich überlege. »Wir haben hier kochendes Wasser«, rufe ich durchs Fenster. »Wenn Sie in drei Sekunden nicht weg sind, schütten wir das direkt über Sie!«

»Wir haben gar kein kochendes Wasser«, flüstert Schnee.

»Das weiß sie doch nicht«, flüstere ich zurück. Ich würde niemals im Leben jemanden mit kochendem Wasser übergießen. Aber die fiese Elise glaubt wahrscheinlich, dass alle Menschen genauso böse sind wie sie.

Für einen kurzen Moment hören wir nichts mehr von draußen.

»Ich werde es gleich über Sie schütten!«, rufe ich noch einmal, obwohl mir bei dem Gedanken ein bisschen schlecht wird. »Sie werden von oben bis unten Brandblasen bekommen. Dann sind Sie noch nicht einmal mehr die Zweitschönste im Land! Eher die Hässlichste!«

»Ich komme wieder!«, hören wir sie noch rufen.

Dann ist es still auf der anderen Seite.

»Ich glaube, sie ist weg«, sage ich schließlich.

Schnee blickt unter dem Vorhang hindurch. »Ich kann sie nicht mehr sehen.« Erleichtert atmet sie auf.

»Und jetzt?«, fragt Jonah.

Gute Frage.

»Können wir die Blockade wieder abbauen?«, fragt Schnee.

Ich krabbele auf das Sofa und setze mich auf ein Kissen. »Wir lassen sie noch ein bisschen stehen. Nur zur Sicherheit.«

»Sie kommt doch nur einmal am Tag vorbei«, sagt Schnee. »Wir können es morgen noch einmal probieren. Jetzt helft mir besser aufzuräumen, bevor die Zwerge zurückkommen. Frances kann es gar nicht leiden, wenn nicht alles an seinem Platz ist.«

Mir ist irgendwie etwas mulmig zumute. »Dieser ganze Plan, Schnee beinah sterben zu lassen, funktioniert irgendwie nicht richtig. Ich meine, was ist, wenn die Königin nächstes Mal mit einem Laster anrollt und die ganze Hütte unter sich begräbt?«

»Was ist denn ein Laster?«, fragt Schnee.

»Eine richtig große Kutsche ohne Pferde«, erklärt Jonah.

»Oder wenn sie das nächste Mal mit einer Kanone kommt? Oder einem Drachen? Was, wenn sie so lange wiederkommt, bis sie es geschafft hat?«, denke ich laut nach.

Wir müssen Schnees Geschichte wieder hinbekommen – und zwar bevor wir nachher keine Schnee mehr für die Geschichte haben.

Kapitel 12

Pfützengeplansche

Nachdem unser Plan mit den vergifteten Keksen gescheitert ist, gehen wir in den Wald, um unsere Spur zurückzuverfolgen. Nicht, dass ich schon zurück nach Hause will. Bevor ich nicht endlich daraufkomme, wie wir Schnees Geschichte wieder so hinbekommen, wie sie eigentlich war, kann ich Zamel nicht verlassen. Schnee ist so nett. Sie verdient ein Happy End. Und es wäre wirklich ungerecht, wenn sie unseretwegen keins bekommt. Aber sobald die Geschichte wieder in Ordnung ist, will ich hier so schnell wie möglich verschwinden. Die Zeit in Smithville ist zwar wahrscheinlich stehen geblieben, aber was, wenn doch nicht? Ich will nicht, dass Mama und Papa sich Sorgen machen.

Aber erst kriegen wir die Geschichte wieder hin. Wir MÜSSEN. Wenn wir es nicht tun, könnte es sein, dass die fiese Elise wiederkommt und Schnee tatsächlich tötet.

Und das kann ich nicht zulassen. Schnee darf doch nicht unseretwegen STERBEN.

Mir wird ganz schlecht, wenn ich nur daran denke.

»Hier ist es«, sagt Jonah auf einmal. »Hier sind wir vom Spiegel ausgespuckt worden.«

»Woher willst du das so genau wissen?«, frage ich. »Für mich sehen die Bäume alle gleich aus.« Vergesst Hoppala. Das Genie ist anscheinend mein Bruder. Ein wahres *Natur*genie.

Doch dann zeigt er auf einen Haufen Bücher. »Da liegen Mamas und Papas Jurabücher. Und da hinter dem Baum liegt der Schreibtischstuhl.«

Ah. Stimmt.

»Hier seid ihr angekommen?«, fragt Schnee. Sie hebt eins der Jurabücher auf und blättert darin.

»Ja«, sage ich. »Jetzt müssen wir nur noch herausfinden, wie wir wieder zurückkommen.«

»Als wir hierhergekommen sind, habe ich dreimal an den Spiegel geklopft«, überlegt Jonah. »Wie wäre es, wenn ich es noch mal mache?«

»Aber hier ist kein Spiegel«, bemerkt Schnee.

»Stimmt«, sagt Jonah.

»Wie wäre es mit etwas anderem, das spiegelt?«, frage ich.

Da ruft Jonah: »Guckt doch, da! Eine Pfütze! Wasser! Wasser spiegelt doch, oder?«

Ja! »Perfekt!« Wir laufen zur Pfütze.

»Ich probiere es«, sagt Jonah.

»Warte«, sage ich. »Was machen wir, wenn es funktioniert? Wir können jetzt noch nicht nach Hause.« Was sollen wir tun, wenn die Pfütze uns aufsaugt und wir auf einmal wieder bei uns im Keller sind? »Wir haben Schnees Geschichte doch noch gar nicht wieder in Ordnung gebracht.«

Und was erst, wenn Schnee mit uns zusammen verschluckt wird? Wie sollte ich das unseren Eltern erklären?

Nicht, dass es ihnen etwas ausmachen würde. Schnee ist wirklich sehr nett. Sie kann vielleicht nicht kochen, aber sie kann zumindest putzen. Sie könnte mit in meinem Zimmer schlafen. Und wir würden beste Freundinnen sein. Sogar noch besser als das – sie würde die große Schwester sein, die ich mir schon immer gewünscht habe. Ja! Dann könnte sie mir ihre Klamotten leihen, mir die Haare zu einem französischen Zopf flechten und mir beibringen, wie man einen Handstand macht.

Allerdings dürfte sie Jonah nicht sagen, was er zu tun oder zu lassen hat. Das ist meine Aufgabe. Und genauso wenig dürfte sie mir sagen, was ich zu tun oder zu lassen habe.

Vielleicht will ich doch keine große Schwester haben.

»Ich klopfe nicht mehr als zweimal«, versichert mir Jonah. »Der Spiegel im Keller hat gezischt, als ich einmal geklopft habe, und ist dann lila geworden, als ich zweimal geklopft habe. Wenn die Pfütze lila wird, höre ich auf.«

»In Ordnung«, stimme ich zu. Obwohl ich bezweifle, dass es funktioniert. Denn die Pfütze spiegelt gar nicht besonders. Sie ist nur ziemlich matschig.

Jonah lässt sich auf die Knie fallen. Er macht eine Faust, und dann klopft er. Oder zumindest versucht er zu klopfen. Doch stattdessen versenkt er seine Faust einfach nur im Dreckwasser.

Schnee und ich kichern.

Jonah schaut ziemlich verwirrt drein und sagt: »Ich probiere es noch mal.«

Also macht er es noch einmal. *Platsch*. Wir kichern wieder.

»Die Pfütze zischt nicht, und sie wird auch nicht lila«, stellt er fest. Die Enttäuschung ist ihm anzusehen.

Ich blicke hinab auf die immer noch braune und immer noch lautlose Pfütze. »Nee.«

»Einmal noch«, sagt Jonah und hebt wieder die Hand.

»Nicht«, sage ich. »Nur für den Fall ...« Es kann ja sein, dass die Pfütze einfach nur zu braun ist, dass wir das Lila nicht sehen können? Dass der Teil mit dem Zischen vielleicht gerade nicht funktioniert? Es könnte beim dritten Klopfen trotzdem klappen und uns wieder nach Hause befördern!

Doch zu spät. Seine Hand saust in die Pfütze. *Platsch!* Kein Lila. Kein Zischen. Nur eine dreckige Hand.

Hihi. Gott sei Dank.

»Vielleicht müssen wir auf dieselbe Art weggehen, wie wir hergekommen sind«, sage ich, während Jonah sich die Hand im Gras abwischt.

»Aber die Hütte hat keinen Keller«, bemerkt Jonah.

»Ich meine nicht durch einen Keller«, sage ich. »Ich meine durch einen richtigen Spiegel.«

»Enid hat einen Spiegel«, sagt Schnee. »Damit könnt ihr es probieren.«

»Ist es ein Zauberspiegel?«, fragt Jonah hoffnungsvoll. »Wir brauchen eigentlich einen Zauberspiegel.«

Schnee schüttelt den Kopf. »Nein, tut mir leid. Ich kenne nur eine Person mit einem Zauberspiegel, und das ist meine Stiefmutter.«

Da fällt mir die Kinnlade herunter. Natürlich! Die fiese Elise hat einen Zauberspiegel! Deswegen ist Schnee ja überhaupt erst in diese missliche Lage geraten. »Ich wette, ihr Spiegel kann uns wieder nach Hause bringen! Oder zumindest wird er uns sagen können, *wie* wir wieder nach Hause kommen. Immerhin ist es ein Zauberspiegel.«

Doch Schnee schüttelt wieder den Kopf. »Sie wird uns niemals erlauben, ihn zu benutzen. Sie teilt ihre Sachen nicht gerne. Wir müssten uns heimlich hineinschleichen.«

»Woher hat sie den Spiegel denn?«, frage ich. Vielleicht gibt es ja noch mehr davon. Warum nicht? Schließlich haben sogar wir einen im Keller.

»Der war schon im Schloss«, sagt Schnee. »Er wird von Königin zu Königin weitergegeben.« Da füllen sich ihre Augen wieder mit Tränen. »Er gehörte einmal meiner Mutter.«

Auch mir steigen Tränen in die Augen. Die arme Schnee. Hat keine Mutter und keinen Vater mehr.

Und dann zwickt es mich auf einmal im Bauch. Ich vermisse meine Eltern. Sogar sehr. Was ist, wenn die Zeit zu Hause gar nicht stehen geblieben ist? Wenn sie mich jetzt auch gerade vermissen?

»Aber meine Mutter hat den Spiegel garantiert nie für etwas Böses benutzt«, fügt Schnee hinzu.

Ich blinzele meine Tränen weg und sage: »Ich schätze mal, wir werden uns hineinschleichen müssen.«

Schnee wird ganz weiß vor Angst, was angesichts der Tatsache, dass sie sowieso immer ziemlich blass ist, schon bemerkenswert ist. »Ich habe Angst. Wenn sie uns erwischt, wird sie uns in den Kerker werfen. Oder uns töten. Wahrscheinlich eher töten.«

Jonah macht große Augen. »Glaubst du, sie isst dann unsere Lunge und Leber?«

Schnee nickt. »Kann schon sein.«

»Glaubst du, sie isst sie mit Ketchup? Ich wette, ohne Ketchup ist das ganz schön eklig.«

Ich verdrehe die Augen. »Sie wird niemanden von uns essen, okay? Sie wird uns nämlich gar nicht bemerken. Wir *platzen* schließlich nicht einfach hinein, sondern wir *schleichen* uns hinein. Und vielleicht klappt es ja auch mit dem Spiegel in der Hütte, und wir müssen gar nicht erst zum Schloss gehen.«

Auf dem Weg zurück zur Hütte sagt Schnee: »Ich habe eine Idee, wie wir die Geschichte wieder in Ordnung bringen können. Aber vielleicht ist es auch eine dumme Idee.«

»Meine Lehrerin sagt immer, es gibt keine dummen Ideen«, sage ich. »Nur dumme Leute. Ähm, nein, ich glaube, das war andersrum.«

Damit habe ich Schnee verletzt. »Hältst du mich für dumm?«, fragt sie mich.

»Natürlich nicht!« Ich meine, ja, sie ist mehrmals auf die Verkleidungen der Königin hereingefallen, aber das liegt nur daran, dass sie zu nett ist. Und außerdem bin ich auch beinah darauf hereingefallen. Aber nur einmal. »Du bist einfach nur zu gutgläubig«, sage ich. »Und du lässt dir zu viel bieten.«

Sie spielt mit ihren Haaren. »Wie meinst du das?«

»Na ja, du lebst mit lauter Fremden zusammen in einer Hütte statt in deinem eigenen Schloss. Es muss doch eine Möglichkeit geben, dass du zurückbekommst, was dir rechtmäßig gehört.«

Schnee denkt kurz nach, und dann sagt sie: »Meine Stiefmutter kann sich eben besser durchsetzen als ich. Ich bin viel schwächer als sie.«

»Schnee, sie hat bereits versucht, deine Lunge zu essen, dich zu ersticken, zu vergiften und dich mit einem Hammer zu erschlagen. Aber du hast es geschafft, all diese Mordanschläge zu überleben. Du bist viel stärker, als du glaubst.«

Da macht Schnee große Augen. »So habe ich das noch gar nicht gesehen.«

»Tja, das solltest du aber. Du bist nämlich ein ziemlich zähes Mädchen, das sich nicht einfach so vergiften lässt! Also, was machen wir jetzt?«

Schnee strafft die Schultern. »Nun ja, du hast doch gesagt, der Prinz sieht mich, wie ich tot daliege, verliebt sich in mich und erweckt mich wieder zum Leben, richtig?«

»Ganz genau.«

»Warum überspringen wir den Teil mit dem Sterben nicht einfach? Ich lege mich einfach so in die Kiste, mache die Augen zu und tue so, als wäre ich vergiftet. Dann kommt er vorbei, verliebt sich in mich, bringt mich nach Hause, und ich bin auf einmal wieder am Leben. Nur dass ich gar nicht tot war!«

Erstaunt sehe ich sie an. »Die Geschichte bleibt also, wie sie ist, aber du musst dich nicht vergiften lassen. Oder dir den Kopf einschlagen lassen.«

Sie nagt an ihrem Daumen. »Dumme Idee?«

Ich hake mich bei ihr unter. »Überhaupt nicht. Weißt du was? Das könnte sogar funktionieren.«

Zurück in der Hütte klopfen wir an Enids Spiegel.

Doch nichts passiert.

Um sicherzugehen, klopfen wir auch noch an alle glänzenden Kochtöpfe.

Nichts. Kein Zischen und kein Lila.

»Und jetzt?«, fragt Jonah.

»Erst bringen wir Schnees Geschichte wieder in Ordnung«, sage ich. »Und dann schleichen wir uns ins Schloss und besuchen den Zauberspiegel.«

»Dann bleiben wir also noch eine Nacht? Toll!«

»Von wegen. Ich freue mich nicht gerade darauf, noch eine Nacht mit deinen Füßen in meinem Gesicht zu verbringen. Und ich will auch nicht, dass Mama und Papa sich Sorgen machen.«

»Aber Abby. Du hast doch gesagt, zu Hause ist die Zeit stehen geblieben«, erwidert Jonah. »Also schlafen die beiden. Sie haben noch nicht einmal gemerkt, dass wir nicht da sind!«

»Ich weiß ...« Ich werfe einen Blick auf meine Uhr. »Moment mal. Auf meiner Uhr ist es fünf nach eins. Sie geht wieder! Aber anscheinend nur sehr langsam. Wir sind jetzt schon einen ganzen Märchentag hier, aber auf meiner Uhr ist erst eine Stunde vergangen. Hm. Vielleicht ist die Zeit zu Hause gar nicht stehen geblieben, wie ich dachte. Vielleicht ist es jetzt zu Hause fünf nach eins. Vielleicht ist ein Tag hier so viel wie eine Stunde zu Hause.«

»Also können wir noch bleiben?«

»Na ja, Mama und Papa stehen um Viertel vor sieben auf und wecken uns um sieben. Solange wir nicht länger als sechs Tage bleiben, sind wir wohl wieder zu Hause, bevor sie überhaupt merken, dass wir weg waren.«

Er zuckt mit den Schultern. »Babyleicht.«

»In Ordnung«, sage ich. »Wir bleiben. Aber wenn du mir wieder ins Gesicht trittst, dann werde ich zur fiesen Elise und esse ...«

»Meine Leber?«, kichert er.

Ich schnappe mit den Zähnen. »Deine Zehen.«

Kapitel 13

Der Berg ruft

Bevor wir uns am nächsten Morgen auf den Weg machen, frage ich Schnee, ob Jonah und ich uns etwas zum Anziehen borgen können.

»Ich brauche nichts«, sagt Jonah mit einem argwöhnischen Blick auf Schnees Kleid.

»Ähm, doch, brauchst du. Wir haben schon seit zwei Tagen die gleichen Sachen an. Wir brauchen was Frisches.« Wir müssten uns eigentlich auch duschen, aber die Badewanne hier macht mir Angst. Man muss das Wasser extra hintragen. Das Plumpsklo im Garten zu benutzen ist schon Grauen erregend genug.

Zehn Minuten später trage ich einen blauen Rock, ein rosafarbenes Shirt und ein Paar Sandalen von Schnee. Schnee hat mir auch ein rotes Band geliehen, das ich wie einen Haarreif trage. Jonah hat sich eine Hose und ein kariertes Hemd von Alan geliehen. Obwohl Alan der größte der Zwerge ist, reicht Jonah die Hose bloß bis zu den Knien, und das Hemd sitzt so eng, dass die Knöpfe immer wieder aufgehen.

»Ich packe uns noch ein paar Sandwiches ein«, ruft Schnee. »Wir hatten von gestern noch so viel Eintopf über, dass ich damit Sandwiches für den Rest der Woche gemacht habe. Wir haben Massen davon!«

Hohes Gericht, was bitte schön ist ekelhafter: Sandwiches mit Bananenmatsch oder mit Eintopfresten?! Da dürfte das Urteil schwerfallen, was?!

Wir verstauen die Sandwiches in einem kleinen Lederranzen, den Jonah sich von Bob geliehen hat.

Die Zwerge fanden Schnees Idee gut, nur so zu tun, als wäre sie tot, und haben ihr noch am Abend eine Kiste gezimmert. Sie sagen, auf einem Hügel in der Nähe gibt es eine Stelle, die sie sehr gerne mögen, an der sie die Kiste wahrscheinlich aufgestellt hätten, wenn Schnee tatsächlich vergiftet worden wäre.

Nachdem wir die Kiste zusammen mit den Zwergen auf den Hügel getragen haben, wünschen sie uns viel Glück und verabschieden sich und gehen zur Arbeit.

Laut Plan sollen Schnee, Jonah und ich den Tag über warten und abends wieder nach Hause gehen, bevor es zu dunkel wird. Der Prinz wird ja nicht mitten in der Nacht vorbeikommen. Hoffe ich zumindest. Er würde Schnee im Dunkeln sowieso nicht sehen können, selbst bei Mondlicht.

Schnee steigt in die Kiste. Ich richte ihr die Haare und lasse den Deckel offen. Er soll sie ja schließlich sehen können, nicht wahr?

Da zieht Schnee ein Buch hervor. Es heißt *Einführung in das Eigentumsrecht*.

Hey! »Ist das ein Buch von meinen Eltern?«

Sie wird rot. »Ja. Ich habe es mir aus dem Wald geliehen. Ist das in Ordnung?«

»Natürlich.« Wenn sie den Prinzen heiratet, dann wird sie vielleicht eines Tages Königin. Und Königinnen sollten gebildet sein.

Knacks.

»Ein Tier!«, jubelt Jonah. »Ein gefährliches Tier!«

Knurr.

Meine Schultern verkrampfen sich. Es klingt genau wie das Tier vom Vortag! »Was sollen wir bloß tun?«

Knurrrr.

»Es ist hinter dem Baum da!«, ruft Jonah, und ehe ich ihn aufhalten kann, läuft er darauf zu.

»Nicht, Jonah!«, schreie ich.

Knurrrrrrrrrrrrr.

Wie von der Tarantel gestochen laufe ich meinem Bruder hinterher. Ich werde ihn retten! Ich werde nicht zulassen, dass er von dieser wilden Bestie gefressen wird! Ich werde alles tun, um das zu verhindern!

Da kommt die knurrende Bestie hinter dem Baum hervor.

Es ist ein Schweinchen. Ein junges Wildschwein.

»Knurrrrrrrr!«, macht das Schweinchen.

»Hallo«, sagt Jonah. »Willst du mit uns spielen?«

Das Schweinchen sieht uns kurz an und hastet davon.

»Wildschweine sind ziemlich scheu«, erklärt Schnee.

»Kann ich es fangen?«, bettelt Jonah.

»Nein«, entgegne ich sofort.

»Bitte!«

»Nein.« Ich setze mich unter einen Baum und bedeute Jonah, es mir gleichzutun.

Er stampft noch einmal mit dem Fuß auf, aber dann setzt er sich neben mich.

Wir warten. Und warten.

»Was meinst du, wann der Prinz kommt?«

»Ich habe keine Ahnung, Jonah.«

»In fünf Minuten? Oder nächste Woche?«

Er ist echt so was von nervig. »Ich habe keine Ahnung, Jonah.«

Dann nehme ich einen Stock und male mit zwei mal zwei Strichen ein Tic-Tac-Toe-Spielfeld in den Dreck. Jonah ist zuerst dran. Er gewinnt. Dann gewinne ich. Dann er.

»Lass uns auf Entdeckungstour gehen«, sagt Jonah fünf Minuten später.

»Nicht jetzt, Jonah. Wir müssen warten.«

»Ich mag nicht mehr warten«, mault er.

»Und ich mag mir nicht mehr dein Gejammer anhören«, erwidere ich genervt. »Ich sehe mal nach Schnee.«

Ihre Wangen sind leuchtend rot.

»Geht es dir gut?«, frage ich besorgt. »Du siehst aus, als ob du Fieber hättest.«

Sie lässt das Jurabuch auf ihren Bauch sinken. »Mir geht es gut. Mach dir um mich keine Sorgen. Was ist mit euch?«

»Schnee, hast du dich auch gut eingecremt?«

Sie runzelt die Stirn.

»Ihr habt wahrscheinlich kein Ozonloch hier, was?«

»Häh, was ist ein Ozonloch?«

Ach, ich wünschte, außer den ganzen Jurabüchern wäre

auch ein Wörterbuch der Gegenwartssprache hier im Märchen gelandet. Das könnte Schnee gerade viel besser gebrauchen.

»Lass uns die Kiste in den Schatten stellen«, sage ich. »Wir haben vergessen, Wasser mitzunehmen.«

»Ich weiß«, sagt sie. »Tut mir leid. Ich hätte daran denken sollen. Und es tut mir leid, dass ich euch zur Last falle. Es geht mir gut hier.«

»Schnee! Du bist keine Last. Es macht uns nichts aus. Wir wollen, dass es dir gut geht. Los, komm schon, komm raus.«

Schnee steigt aus der Kiste und streckt sich. Da drinnen ist es garantiert nicht besonders bequem. Wir tragen die Kiste ein paar Meter weiter, sodass sie unter einem Baum steht, und Schnee legt sich wieder hinein.

»Wie ist es eigentlich, eine Prinzessin zu sein?«, frage ich sie.

»Ach, das ist nichts Besonderes«, antwortet sie mit einem Schulterzucken.

»Nein, im Ernst. Bist du früher auf viele Bälle gegangen?«

»Ein paar«, sagt sie.

»Hattest du eine Krone?«

»Ja.«

»Hast du ein Glück«, sage ich.

Sie seufzt. »Nein, du hast Glück.«

»Ich? Ich hatte noch nie eine Krone.«

»Aber du hast einen Bruder.«

Da muss ich losprusten. Das Mädchen, das im Märchenland lebt, meint, *ich* hätte Glück? Wegen meines Bruders? Meinem so was von nervigen Bruder?

Ich sehe zu Jonah hinüber, der gerade einen Turm aus

Ästen baut. Er macht dabei einen sehr entschlossenen Gesichtsausdruck, und die Lippen hat er mal wieder auf diese für ihn so typische Art gekräuselt.

Anscheinend merkt er, dass ich ihn beobachte, denn er sieht auf und schenkt mir ein Lächeln. Ein umwerfendes Lächeln.

Oh, er ist so süß.

Klar, er kann auch ganz schön nervig sein, aber ich bin froh, dass er hier ist. Mit ihm macht Zamel – und alles andere auch – ein bisschen mehr Spaß. »Ja«, räume ich ein. »Ich habe wahrscheinlich wirklich Glück.«

Sie nickt. »Ich wünschte, ich hätte einen Bruder. Oder eine Schwester.«

»Ich hätte auch gerne eine Schwester«, sage ich. Ich sehe sie aus den Augenwinkeln an. »Du, Schnee?«

»Ja?«

»Kannst du französische Zöpfe flechten?«

Sie schüttelt den Kopf.

Hm. »Kannst du Handstand?«

Sie nickt.

»Zeigst du mir, wie es geht?«

Sie setzt sich auf. »Darf ich aus der Kiste?«

»Ich glaube, du musst nicht die ganze Zeit da drin liegen. Wir hören es ja, wenn ein Pferd kommt.«

Schnee springt geradezu heraus. »Okay, fangen wir an«, sagt sie.

Und dann bringt Schnee meinem Bruder und mir bei, wie man einen Handstand macht. Jonah kann es sofort. Bei mir dauert es ein bisschen länger.

Wir haben so viel Spaß zusammen, dass wir kaum merken, wie es langsam dunkel wird.

»Wir sollten besser nach Hause gehen«, meint Schnee schließlich. Vor lauter Glückseligkeit und Handstandmachen hat sie ganz gerötete Wangen.

Also machen wir uns auf den Weg.

Am nächsten Tag steht meine Uhr auf fast drei Uhr morgens. Das heißt, wir haben noch vier Stunden Echtzeit übrig. Und noch vier Tage, um von Zamel nach Hause zu kommen.

Wir wandern wieder den Hügel zur Lichtung hinauf. Dieses Mal habe ich eine große Flasche mit Wasser dabei. Und Schnee hat noch mehr von den ekligen Sandwiches mit Eintopf in Jonahs geliehenen Ranzen gepackt.

Als wir bei der Lichtung ankommen, zeigt Schnee auf die Kiste. »Oh, seht mal! Ein Kissen! Wie nett.« Sie springt in die Kiste.

»Ich hätte mir auch ein Kissen mitnehmen sollen«, sage ich. »Dann könnte ich ein kleines Nickerchen machen. Ich habe letzte Nacht kaum ein Auge zugetan.«

»Echt?«, fragt Jonah ganz unschuldig. »Ich habe wunderbar geschlafen.«

»Du hast dich auch ziemlich breitgemacht.« Aber es war nicht bloß seine Schuld. Ich kann einfach nicht schlafen, wenn ich mir Sorgen mache. Und ich mache mir gerade ziemlich viel Sorgen. Darüber, wie wir wieder nach Hause kommen sollen. Und wie wir Schnees Geschichte wieder in Ordnung bringen können. Wie wir Schnees Leben retten sollen.

Moment mal. Ich sehe Jonah an. »Hast du das Kissen mitgebracht?«

Er schüttelt den Kopf.

»Ich habe es auch nicht mitgebracht«, sage ich. »Wenn du es nicht warst und ich auch nicht, wer war es dann?«

»Einer der Zwerge?«

Oder ... »Die fiese Elise!«, schreien wir beide gleichzeitig.

»Leg dich nicht hin!«, rufe ich, während ich auf Schnee zulaufe. »Das Kissen ist vergiftet! Es ist vergiftet!«

Doch Schnee schreit schon und krümmt sich. Mist! Zu spät!

Sie schießt hoch, ihre Haarspitzen sind verkohlt, als hätte sie zu nah am Feuer gestanden. »Au, au, au!«

Ich greife nach der Wasserflasche und schütte ihr den gesamten Inhalt über den Kopf.

Die Haare zischen. »Au, au, au«, wimmert Schnee.

»Die fiese Elise beobachtet uns!«, ruft Jonah. »Irgendwie unheimlich.«

»Alles in Ordnung?«, frage ich zitternd.

Schnee nickt.

»Du bist immer noch die Schönste im ganzen Land.«

»Manchmal wünschte ich wirklich, ich wäre es nicht«, seufzt sie.

Kapitel 14

Er ist da, er ist da, er ist weg

Ich habe gleich mehrere Knoten im Magen. Wir warten jetzt schon seit zwei Tagen auf den Prinzen, und nichts passiert.

Um uns die Zeit zu vertreiben, bringen wir Schnee Fangenspielen bei.

»Kennst du Versteinern?«, fragt Jonah. »Das macht total viel Spaß. Hab ich von meinen neuen Schulfreunden gelernt.«

Ich werfe ihm einen vernichtenden Blick zu. »Wir spielen entweder normales Fangen oder gar nicht.«

Also spielen wir normales Fangen. Mit nur drei Leuten macht es aber nicht besonders viel Spaß. Versteinern würde garantiert noch weniger Spaß machen. Als uns langweilig wird, liest Schnee weiter in ihrer *Einführung in das Eigentumsrecht*.

»Und, steht da irgendwas Interessantes drin?«

»In der Tat«, sagt sie. »Ich bin gerade beim Kapitel über das Testament.«

»Was ist ein Testament?«, fragt Jonah.

»Das ist ein Schriftstück, in dem steht, wer die Sachen von einer Person erbt, wenn sie stirbt«, erklärt Schnee. Sie tippt mit dem Finger auf den Buchdeckel. »Laut diesem Buch erbt die Ehefrau alle Besitztümer ihres Mannes, wenn er stirbt. Es sei denn, in seinem Testament steht etwas anderes. Ich frage mich, ob mein Vater ein Testament geschrieben hat.«

»Wüsstest du es denn nicht, wenn es so wäre?«, frage ich.

»Wahrscheinlich«, seufzt sie. »War nur so eine Idee.«

Dann spielen wir wieder ein bisschen mit Stöcken. Und dann wird uns wieder langweilig.

»Abby, was machen wir, wenn der Prinz heute wieder nicht kommt?«, fragt Jonah.

»Er wird bald kommen«, sage ich. Er muss.

Mein Bruder fuchtelt mit einem Stock herum. »Aber was machen wir, wenn er erst in ein paar Monaten kommt? Oder in ein paar Jahren? Mama und Papa werden richtig böse auf uns sein. Und ich will die Ferien nicht verpassen. Und meinen Geburtstag. Ich bekomme einen neuen Roller zum Geburtstag!«

Ich schaue auf die Uhr. Zu Hause ist es jetzt schon nach drei. Wir haben nicht monatelang Zeit zu warten. Auch wenn ein paar Monate im Märchenland nur ein paar Tage in Echtzeit sind, dürfen unsere Eltern nicht merken, dass wir fort sind. Sie würden die Polizei rufen! Sie würden überall in der Stadt Vermisstenanzeigen mit Fotos von uns aufhängen. Sie würden krank werden vor Sorge. Ich spiele nervös mit einem Zweig. »Wir müssen warten, wie die Geschichte sich weiterentwickelt. Aber ich wünschte auch, wir könnten das Ganze irgendwie beschleunigen.«

»Warum bringen wir Schnee dann nicht einfach zu ihm?«, fragt Jonah. »Wir gehen zu ihm in sein Königreich und machen die beiden miteinander bekannt.«

Ich schüttele den Kopf. »Wir sollten die Geschichte so originalgetreu wie möglich belassen. Damit nicht noch ein Unglück passiert. Es ist besser, wenn er sie in der Kiste liegen sieht. Je weniger Abweichungen von der echten Geschichte, desto besser.«

»Und wenn wir die Kiste zum Schloss tragen?«, fragt Jonah. »Wir stellen sie einfach vor seine Tür. Und wenn er rausgeht, stolpert er darüber, und die Geschichte geht wieder so weiter, wie sie soll.«

Ich schnaube verächtlich. »Wir können die Kiste nicht den ganzen Weg bis nach Kamel tragen.«

»Gamel«, sagt Schnee.

»Wie auch immer.« Ah! »Ich habe eine Idee! Wir schicken dem Prinzen eine E-Mail und bitten ihn, hierher zu kommen!«

Da lacht Jonah. »Eine E-Mail?!«

Ich laufe rot an. »Einen Brief. Ich meinte, einen Brief. Wir schicken ihm einen Brief, in dem steht, dass er woanders hinkommen muss, und wir machen es so, dass er auf dem Weg hier vorbeikommt. Dann kommt er hier entlang geritten und sieht Schnee in der Kiste liegen. Genau wie in der Geschichte.«

Schnee beißt sich auf die Unterlippe. »Wenn er zu meinem alten Zuhause reiten würde, dann würde er hier vorbeikommen. Wir können ihm schreiben, dass er zum Schloss kommen soll.«

»Jippie!«, quietsche ich vor lauter Begeisterung. »Dann trifft er dich auf dem Weg, und der Rest ist Schicksal!«

Im Märchenland wird die Post von Postboten auf Pferden gebracht. Wir schreiben dem Prinzen also einen Brief, in dem steht, dass er sofort zum Schloss von Zamel kommen soll, und dann warten wir.

Und warten.

Und warten.

Lang-wei-lig.

Zwei Tage später steht meine Uhr auf fünf Uhr Echtzeit. Und ich sitze immer noch im Schneidersitz auf dem Waldboden und warte.

Das waren jetzt zwei weitere Nächte mit Jonahs Füßen in meinem Gesicht.

Zwei weitere Tage mit Schnees ekligem Haferschleim und Eintopf.

Zwei weitere Tage weg von zu Hause.

Ich bin gerne bei Schnee, und ich sitze abends gerne mit den Zwergen zusammen, aber ich vermisse meine Eltern. Und ich vermisse mein Bett. Vielleicht vermisse ich sogar Smithville. Ich vermisse auf jeden Fall mein Sofa. Mein Hintern tut schon ganz weh vom vielen Sitzen auf dem harten Waldboden. Die Ameisen, die ständig versuchen, mir die Beine hochzukrabbeln, erwähne ich erst gar nicht.

Ich sehe zu meinem Bruder hinüber, der mit finsterem

Gesichtsausdruck auf einen Haufen Steine starrt. Sogar er wird langsam etwas trübsinnig.

Ich weiß, wir müssen Schnees Geschichte wieder in Ordnung bringen. Wir sind gewissermaßen dazu verpflichtet. Aber wir können einfach nicht mehr sehr viel länger warten. Wir müssen endlich herausfinden, wie wir wieder nach Hause kommen.

Ta-dam, ta-dam, ta-dam. Aus der Ferne hören wir auf einmal ein Donnern.

Mein Herzschlag beschleunigt sich. »Das muss er sein!«

»Endlich!«, sagt Jonah.

Schnee richtet sich auf. »Wer, *er*?«

»Na, *er*! Los, alle auf ihren Platz!«, schreie ich. »Los, los, los!«

Schnees Platz ist natürlich in der Kiste. Jonahs und mein Platz ist auf einem Baum. Genau. Während wir im Wald Däumchen gedreht haben, habe ich nämlich gelernt, auf Bäume zu klettern. Jonah konnte es natürlich schon, denn auf Bäume klettern ist wie auf Felsen klettern, nur viel einfacher. Schnee wollte es nicht ausprobieren. Sie hat Höhenangst. Zum Glück leidet sie nicht unter Platzangst. Das wäre schlecht, denn sie musste die letzten Tage ja die meiste Zeit in der engen Kiste verbringen.

Schnee läuft also zur Kiste, während ich für Jonah eine Räuberleiter mache.

Jetzt hören wir den Hufschlag ganz deutlich.

Ein junger Mann nähert sich auf einem braunen Pferd. Er hat blondes Haar, ist ziemlich groß und wirklich hübsch. Er trägt eine Krone und einen roten Umhang. Das muss der

Prinz sein. Er sieht aus wie ein Prinz. Nicht, dass ich jemals einen Prinzen in echt gesehen hätte, aber für mich sieht er ziemlich prinzenmäßig aus. »Er ist es!«, jubele ich. »Er ist es wirklich! Unser Plan hat funktioniert!«

Er reitet direkt auf die Kiste zu. Er ist gar nicht mehr weit weg. Er kommt immer näher! Jetzt ist er gleich da! Er verlangsamt den Schritt des Pferdes! Jetzt schaut er hinab in die Kiste! Jetzt ist es jeden Moment so weit! Jetzt wird er Schnee erblicken und sich in sie verlieben! Und die Geschichte wird wieder so weitergehen, wie sie war!

Aber Moment mal. Er hält gar nicht an! Warum hält er denn nicht an?! Stattdessen treibt er das Pferd wieder an. Er reitet einfach weiter. Und galoppiert davon. Häh?

Als er an uns vorbeigaloppiert, wirbelt der Staub nur so in die Luft.

Ich halte mich an einem Ast fest, und dann springe ich ganz vorsichtig vom Baum. »Halt!«, rufe ich ihm hinterher. »Du sollst anhalten!«

Aber er hört mich nicht. Hört er etwa gerade Musik mit seinem MP3-Player oder was? Nein, MP3-Player gibt es hier garantiert nicht. Aber vielleicht hat er ja einen Walkman?

Ich bin mir sicher, dass er es war. Er muss es gewesen sein. Aber was ist passiert?

»War er das?«, fragt Jonah und lässt sich vom Baum fallen. »Ist er weg?«

»Das kann nicht sein!«, rufe ich verzweifelt. »Er hat doch in die Kiste gesehen! Er hat direkt hineingesehen! Warum hat er denn nicht angehalten?!«

Wir laufen zur Kiste. Sie ist leer.

»Hallo?«, rufe ich. »Schnee?«

Keine Antwort.

Keine Schnee.

»Schnee!«, rufe ich noch einmal lauter. Mein Herz schlägt wie verrückt. Wo ist sie nur? Hat die fiese Elise ihr etwas angetan? O nein. Die arme Schnee!

Piep.

Häh? Was ist das? Jonah zieht mich am Arm und zeigt auf einen Baum. Hinter dem Stamm kann ich einen weißen Ärmel erkennen.

»Schnee?«

Piep.

»Schnee, versteckst du dich da hinter dem Baum?«

Sie antwortet nicht. Stattdessen gibt sie noch einmal einen leisen Piepton von sich.

»Schnee, ist alles in Ordnung?« Ich gehe auf sie zu und lege ihr den Arm um die Schulter. »Was ist passiert?«

Sie hat knallrote Wangen. »Ich habe mich versteckt.«

»Das habe ich mir schon fast gedacht«, sage ich. »Aber warum?«

»Ich weiß nicht!«, ruft sie. »Ich habe Angst bekommen.«

»Du hast Angst bekommen? *Du hast Angst bekommen?!*« Was soll ich bloß mit diesem Mädchen machen? GRRR! Und was jetzt? Da ziehen der Prinz und diese einmalige Gelegenheit davon. Und weil der Prinz Schnee nicht in der Kiste liegen gesehen hat, wird er sich auch nicht in sie verlieben. Die Geschichte wird ganz anders weitergehen! Wo bleibt da denn das Schicksal?

Ich starre meinen Bruder an. »Das ist alles deine Schuld.«

»Meine Schuld? Wieso?«

»Es ist deine Schuld, dass sie den Apfel nicht gegessen hat!«, brülle ich. »Und warum musstest du überhaupt mitten in der Nacht im Keller spielen? Warum konntest du nicht wie jedes andere normale Kind schlafen?«

Er tritt nach einem Stein.

»Und du …« Ich wende mich an Schnee. »Ich tue alles Mögliche, um dir zu helfen, und du ruinierst alles! Willst du denn gar kein Happy End?«

Sie wird blass. »Vielleicht lieber nicht. Nicht, wenn es mit einem Fiesling ist.«

»Nur weil er mit einem Stein geworfen hat, als er zwei war, ist er noch lange kein Fiesling!«, schreie ich.

Sie verschränkt die Arme. »Es macht ihn mir aber auch nicht gerade besonders sympathisch.«

Ich stampfe mit dem Fuß auf. Ich bin so sauer. Statt nach Hause zu meiner Familie zurückzukehren, teile ich mir ein Bett mit meinem Bruder und vertrödle meine Zeit im Wald, nur um Schnee zu helfen. Und dabei will sie überhaupt nicht, dass ich ihr helfe. Doch wenn sie selbst gar kein Happy End will, warum sollte es mir dann wichtig sein? Es sollte mir egal sein. Ich sollte einfach nach Hause gehen. Es ist schon fast Morgen! Und außerdem: Was ist, wenn die Zeit zu Hause gar nicht stehen geblieben ist? Was, wenn meine Uhr einfach nur kaputt ist? Kaputt im Sinne von nicht richtig ticken, nicht im Sinne von stehen bleiben. Was, wenn Mama und Papa uns schon seit Tagen suchen? Wenn sie sich solche Sorgen um uns machen, dass sie davon *richtig* krank werden und ins Krankenhaus müssen? »Vergiss es«, sage ich. »Wir helfen dir nicht mehr. Wir geben auf.«

Jonah fällt die Kinnlade herunter. »Wir können doch nicht einfach aufgeben!«

»Und ob wir das können«, schnauze ich ihn an. »Es ist an der Zeit, dass wir nach Hause gehen. Tut mir leid, Schnee. Ich habe versucht, dir zu helfen, und habe versagt. Tut mir leid.«

»Du hast recht.« Schnee nickt. »Wir sollten uns darauf konzentrieren, dass ihr wieder nach Hause kommt. Vergiss die Sache mit mir. Ich will sowieso keinen Fiesling heiraten, der mit Steinen wirft. Auch nicht, wenn er ein Prinz ist. Ich lebe gerne bei den Zwergen. Lasst uns gehen.«

»Wohin?«, fragt Jonah.

Sie holt tief Luft. »Zu meiner Stiefmutter.«

Kapitel 15

Schnees Haus

Wir stehen hinter einem Baum versteckt. Und warten.

»Sie ist weg!«, sage ich schließlich, als die Kutsche mit der fiesen Elise sich vom Schloss entfernt. »Wie viel Zeit haben wir, bis sie zurückkommt?«

»Meistens ist sie ungefähr eine Stunde weg«, sagt Schnee. »Also nicht besonders lange.«

Die fiese Elise ist auf dem Weg zu ihrer Masseurin. Schnee sagt, sie fährt zweimal die Woche zu ihr, um sich den Rücken massieren zu lassen. Böse zu sein ist anscheinend ganz schön anstrengend.

Wir reiten auf Hoppala auf das Schlosstor zu. Zum Glück ist Hoppala ein Riesenpferd, und wir passen alle drei auf seinen Rücken. Ich sitze hinten, Jonah in der Mitte, und Schnee hält die Zügel. Jonah wollte unbedingt vorne sitzen, aber wir hatten nicht genug Zeit, als dass Schnee ihm hätte beibringen können, wie man mit den Zügeln umgeht und so. Ich will endlich nach Hause. Jetzt. Genug ist genug!

Nur …

»Vielleicht sollten wir doch noch warten«, sage ich. »Vielleicht sollten wir doch noch etwas anderes ausprobieren, um deine Geschichte wieder in Ordnung zu bringen.« Genug ist zwar genug, aber ich habe immer noch ein schlechtes Gewissen Schnee gegenüber. Sie kann ja schließlich nichts dafür, dass sie Angst bekommen und damit ihre Chance vertan hat, mit dem Prinzen davonzureiten und bis an ihr Lebensende mit ihm glücklich zu sein.

Und sie kann auch nichts dafür, dass ihre Geschichte überhaupt erst durcheinandergeraten ist.

Doch sie sagt: »Auf gar keinen Fall. Ihr müsst nach Hause zu euren Eltern. Und außerdem, woher willst du wissen, dass ich mein Happy End nicht trotzdem bekomme? Ich kann mir auch alleine neue Ideen ausdenken, weißt du?«

»Aber ...«, sage ich.

»Kein Aber!«, erwidert sie.

Unglaublich. Ist das wirklich die kleine, schüchterne Schnee? Sie wird langsam ganz schön durchsetzungsfähig!

»Okay«, gebe ich klein bei. Aber ich habe immer noch ein schlechtes Gewissen.

»Okay«, sagt Schnee, und wir trotten auf das gigantische Schloss zu.

»Ich kann nicht glauben, dass du hier aufgewachsen bist«, staune ich und pfeife anerkennend. Oder vielmehr, ich versuche zu pfeifen. Pfeifen ist nämlich gar nicht so einfach.

»Wie meinst du das?«, fragt sie, während sie Hoppala von einem Vogel weglenkt.

»Das Schloss ist ja riesig!«

Sie zuckt mit den Schultern. »Na ja, es ist eben ein Schloss.«

Und das ist es wirklich. Ein gigantisches, wunderschönes Schloss. Mit Wachen und einer Zugbrücke und einem Graben.

Die Zugbrücke ist gewaltig. Ungefähr zehn Meter lang und drei Meter breit. Und sie hängt an dicken Eisenketten am Schlosstor. Ich wünschte, wir hätten zu Hause eine Zugbrücke. Wir haben bloß Büsche im Vorgarten und eine alte, quietschende Tür. Obwohl es mit einer Zugbrücke natürlich sehr viel schwieriger wäre, Besuch zu bekommen.

Wir sind drauf und dran, in ein Schloss einzubrechen. Wie wahrscheinlich ist es wohl, dass das klappt?

Ich hatte etwas Sorge, dass es für Schnee zu gefährlich sein könnte, mit uns zu kommen, aber sie hat darauf bestanden, uns zu helfen. Außerdem ist sie diejenige, die sich im Schloss auskennt. Und die Königin ist sowieso nicht da. Ob die anderen Leute im Schloss Schnee für tot halten? Wer weiß, was die fiese Elise ihnen erzählt hat?

Sicherheitshalber haben wir Schnee verkleidet. Von Enid haben wir einen rosafarbenen spitzen Hut geborgt, der Schnees schwarze Haare bedeckt, und die roten Lippen haben wir mit Mehl gepudert. Und statt ihres Kleides trägt sie meinen limettengrünen Schlafanzug. Die Kostüme von der Königin sind zwar eindeutig besser, aber für unsere Zwecke sollte es reichen.

Wir sind perfekt vorbereitet. Schnee hat uns sogar noch mehr Sandwiches mit Eintopf eingepackt. Igitt. Zum Mittag *und* zum Abendessen. Jonah trägt die Sandwiches wieder in seinem geliehenen Ranzen. Irgendwie stinken die ganz schön.

Wir reiten auf den Wachmann zu, der neben der Brücke steht. Die Brücke ist zum Glück noch unten, da die Königin gerade erst das Schloss verlassen hat.

»Das ist Arnaldo«, flüstert Schnee und zeigt auf ihn.

Arnaldo ist ziemlich groß. Sehr groß. Und er kratzt sich gerade mit einer ziemlich scharf aussehenden Waffe seine äußerst buschigen Augenbrauen.

»Hey, ihr da«, blafft er uns an. »Was macht ihr hier?«

Meine Knie fangen an zu zittern. »Wir sind die neuen Maler?«, sage ich, nur hört es sich an wie eine Frage.

Ja, ich habe gelogen. Nicht besonders nett, ich weiß. Lügen darf man nicht. Aber wir müssen ins Schloss kommen, und dies schien uns die beste Möglichkeit zu sein. Schnee sagte, dass ständig irgendwelche Leute im Schloss ein und aus gehen, die was renovieren, also haben wir beschlossen, einfach zu behaupten, dass wir Maler sind. Schnee meinte, so würde niemand auch nur einen zweiten Blick auf uns werfen.

Arnaldo starrt uns an. Dann starrt er besonders Schnee an. Er guckt ganz eindeutig zweimal hin. Sogar fünfmal, würde ich sagen. »Hm«, murmelt er.

Das Herz rutscht mir in die Hose. Er hat sie erkannt.

»Hm«, macht er noch einmal. Wir sind aufgeflogen.

»Ihr könnt rein«, sagt Arnaldo mit den buschigen Augenbrauen schließlich. »Aber lasst das Pferd hier.«

Puh! Anscheinend ist die Verkleidung mit dem grünen Schlafanzug und dem spitzen Hut doch gar nicht so schlecht. Mein Plan hat funktioniert. Wir sind drin!

Wir binden Hoppala in der Nähe an einen Baum. Dann überqueren wir die Brücke und gehen auf das Schloss zu.

Am Tor ist ein großer goldener Türklopfer.

»Puh, bin ich aufgeregt«, flüstert Schnee. »Ich kann es gar nicht glauben, dass ich hier bin. Und dass Arnaldo mich nicht erkannt hat.«

Da öffnet ein hübsches, dunkelhaariges Dienstmädchen in einem grauen Kleid mit Schürze das Tor.

»Das ist Madeleine«, flüstert Schnee. »Sie ist das Dienstmädchen. Sie kennt mich auch.«

»Aber du bist doch verkleidet«, rufe ich ihr in Erinnerung. »Arnaldo hat dich nicht erkannt, also wird sie dich auch nicht erkennen.« Hoffe ich zumindest. Ich hoffe es wirklich sehr.

»Ja, bitte?«, fragt Madeleine.

»Wir sind die neuen Maler?«, sage ich. Nur hört es sich schon wieder viel mehr wie eine Frage an.

»Oh«, sagt Madeleine und runzelt die Stirn. »Wir haben euch erst in einer Stunde erwartet.« Dann sieht sie Schnee nachdenklich an. »Kennen wir uns?«

»Nein«, sagt Schnee und versteckt sich unter ihrem Schlapphut. »Wir sind uns noch nie begegnet. Nie im Leben. Ich bin keine Prinzessin, sondern Malerin.«

Ich zwicke sie in die Seite. Auffälliger geht es ja wohl nicht!

Aber Madeleine kauft es ihr anscheinend ab, denn sie winkt uns herein.

Die gesamte Eingangshalle ist in Streifen gehalten. Der Marmorboden hat schwarze Streifen. Die Decke hat lila Streifen. Meine Puschen würden wunderbar hier hereinpassen. Kein Wunder, dass die fiese Elise renovieren will. Ich bin erst seit vier Sekunden hier und bekomme schon Kopfschmerzen.

»Ist das der Raum, den sie neu gestalten möchte?«, frage ich.

»Nein, der hier wurde gerade erst letzten Monat gemacht«, sagt Madeleine.

Ernsthaft? »Welcher Raum ist es dann? Ihr Schlafgemach?« Bitte, lass es ihr Schlafzimmer sein, bitte! Das würde uns das Leben enorm erleichtern.

»Die Küche«, sagt Madeleine.

Buh!

Alles in der Küche ist rot. Rote Spüle, roter Tisch, rote Kochtöpfe. Ich fühle mich, als wäre ich in einen riesigen Pott mit rotem Wackelpudding gefallen.

»Ich lasse euch dann mal alleine«, sagt Madeleine. »Ich habe noch viel zu tun. Irgendwer muss ja die vielen Kostüme der Königin nähen.«

Als sie gegangen ist, schleichen wir uns aus der Küche und folgen Schnee zwei Wendeltreppen hinauf.

»Da sind wir«, sagt sie, als wir am Ende eines langen, dunklen Ganges ankommen. »Das ist ihr Zimmer.« Sie stößt die Tür auf, und wir schleichen uns hinein.

An der Wand hängt der Spiegel.

Kapitel 16

Das ist er?

Der Spiegel ist so groß wie ich und in Gold gerahmt. Wenn ich nicht bereits wüsste, dass er sprechen kann, würde ich ihn für einen ganz gewöhnlichen Spiegel halten. Doch dann sehe ich, dass unten rechts eine Fee in den Rahmen geschnitzt ist. Hm. Vielleicht ist er doch nicht ganz so gewöhnlich.

Ich hoffe nur, der Spiegel weiß, wie wir wieder nach Hause kommen.

Jonah läuft zum Spiegel und klopft gegen das Glas.

Zuerst passiert nichts, doch dann ruft eine laute Stimme von tief drinnen: »Hey! Soll ich eine Gehirnerschütterung kriegen oder was?«

Die Stimme klingt eindeutig verärgert, aber ich kann nicht sagen, ob es sich dabei um eine weibliche oder eine männliche Stimme handelt. Aus dem Spiegel starren uns zwei wütende blaue Augen an. Keine Nase, kein Mund, kein Kinn. Nur Augen.

Jonah erstarrt. »Tut mir leid«, sagt er verschüchtert.

»Das sollte es auch«, schimpft der Spiegel. »Du musst dich schon an die Regeln halten!«

Der Spiegel gefällt mir. Mit Regeln kann ich gut umgehen. Ich wende mich an Schnee. »Was für Regeln meint er denn?«

»Der Spiegel wird gerne zweimal angesprochen, bevor du eine Frage stellst. Zum Beispiel: ›Spieglein, Spieglein, wie geht es dir?‹«

»Der Spiegel wird außerdem nicht gerne angegriffen«, grummelt die Stimme aus dem Spiegel.

»Es tut meinem Bruder wirklich leid«, sage ich. »Spieglein, Spieglein, kannst du uns nach Hause bringen?«

»Klar«, sagt der Spiegel. »Jetzt gleich?«

»Toll«, rufe ich überrascht.

»Du bringst uns einfach so nach Hause, Spieglein, Spieglein?«, fragt Jonah. Er klingt etwas enttäuscht. »Ohne ein Rätsel oder eine Aufgabe oder so?«

»Keine Aufgabe. Wenn ihr gehen wollt, könnt ihr gehen, aber auch nur jetzt.«

»Warum nur jetzt?«, frage ich.

Doch der Spiegel antwortet nicht.

Ich verdrehe die Augen. »Spieglein, Spieglein, warum nur jetzt?«

»Weil die Königin früher nach Hause kommt.«

O nein! »Wie viel früher, Spieglein, Spieglein?«

»Bald«, sagt die Stimme.

»Wie bald?«, frage ich.

Da hören wir das Eingangstor ins Schloss fallen. »Ich bin wieder da-ha!«

»Sie darf uns nicht sehen!«, ruft Schnee verzweifelt. »Sie wird mich umbringen! Und euch wirft sie in den Kerker!«

»Nein, sie wird euch wahrscheinlich alle umbringen«, sagt der Spiegel. »Der Kerker ist nämlich schon ...«

Doch die Stimme bricht mitten im Satz ab.

»Ist bereits was?«, frage ich. »Spieglein, Spieglein?«

»Ziemlich voll«, sagt der Spiegel.

Irgendwie habe ich ein schlechtes Gefühl bei der Sache.

»Spieglein, Spieglein«, frage ich. »Wer ist denn im Kerker?«

»Xavier, der Jäger«, antwortet die Stimme.

Schnee schnappt nach Luft. »O nein! Weil er mir das Leben gerettet hat?«

»Nein, weil er Orangensaft über den weißen Teppich geschüttet hat! Was denkst du denn?! Natürlich, weil er dir das Leben gerettet hat!«

»Da ist wohl jemand mit dem falschen Fuß zuerst aufgestanden«, murmele ich.

»Entschuldigung?«, schreit der Spiegel.

»Nichts, nichts. Spieglein, Spieglein, ist noch jemand im Kerker?«

»Prinz Trevor«, antwortet der Spiegel.

WAS?! Jetzt schnappen wir alle drei nach Luft.

»D-d-das k-kann nicht sein«, stottere ich.

»Ist aber so«, sagt der Spiegel. »Er ist gestern hier angekommen und hat behauptet, er wäre per Brief herbeizitiert worden. Die Königin hat es für einen Umsturzversuch gehalten, deswegen hat sie ihre Wachen angewiesen, Prinz Trevor in den Kerker zu werfen. Wie auch immer«, fährt der Spiegel fort. »Wenn ihr zwei nach Hause wollt, dann solltet ihr euch besser beeilen. Ihr habt noch ungefähr dreißig Sekunden, bis die Königin hier ist.«

O NEIN! Was für eine blöde Situation. Ich werfe einen Blick auf meine Uhr. In Smithville ist es jetzt kurz vor sechs. Wir müssen wirklich langsam nach Hause. In weniger als einer Stunde werden unsere Eltern aufstehen! Wir müssen noch HEUTE nach Hause. Aber der Prinz sitzt im Kerker. Unseretwegen. Es war meine Idee, ihm diesen Brief zu schreiben. Ich bin schuld, dass er im Kerker sitzt. »Wir müssen erst den Prinzen retten«, sage ich ernst.

Jonahs Miene hellt sich auf. »Au ja, eine Aufgabe! Los, lasst uns Prinz Trevor retten!«

Da legt Schnee mir eine Hand auf den Arm. »Aber Abby, das hier könnte eure einzige Gelegenheit sein, wieder nach Hause zu kommen.«

Doch ich kann nicht nach Hause gehen, wenn jemand meinetwegen im Kerker sitzt. Mein Herz schlägt wie wild. »Wir müssen ihn retten. Und den Jäger auch. Es wird sich noch eine andere Gelegenheit ergeben, nach Hause zu kommen.«

»Aber …«, sagt Schnee.

»Kein Aber«, entgegne ich.

Jonah springt aufgeregt umher. »Wir müssen hier raus, bevor die fiese Elise uns entdeckt!«

Ich wende mich an den Spiegel. »Gibt es noch einen anderen Weg hier raus?«

Der Spiegel schnalzt mit der Zunge. »Spieglein, Spieglein.«

Das ist nicht sein Ernst! Wir haben keine Zeit mehr für

Spieglein, Spieglein! »Spieglein, Spieglein«, platze ich heraus. »Gibt es noch einen anderen Weg aus diesem Zimmer?«

»Das Fenster.«

»Na dann, los«, flüstere ich und gehe zum Fenster. Ich ziehe die schweren lilafarbenen Vorhänge zur Seite, öffne die Fensterläden und sehe hinaus. Der Boden befindet sich zwei Stockwerke unter uns.

»Tja, so brechen wir uns auf jeden Fall das Genick«, bemerkt Jonah.

Ich blicke Schnee an. »Gerade wünschte ich, du wärst Rapunzel.«

»Wer?«

»Ach, egal. Wie sollen wir es anstellen?« Ich schaue mich im Zimmer um und hoffe auf eine Eingebung. Ich sehe nichts weiter als den Spiegel, einen Schrank, einen Tisch und ein Himmelbett. »Jonah, du hast nicht zufälligerweise ein Seil in deinem Ranzen?«

Er schüttelt den Kopf. »Nur Sandwiches mit Eintopf. Hey, ich habe Hunger.«

»Jonah, nicht jetzt.«

Er sieht sich im Zimmer um. »Wir nehmen das Laken!«

»Gute Idee«, antworte ich und fange an, das Laken vom Bett der fiesen Elise abzuziehen.

»Aber sie wird doch sehen, dass es fehlt«, ruft Schnee.

»Sie wird auch sehen, wenn wir noch hier sind!«, erwidere ich. »Was ist wohl schlimmer?«

»Du hast recht«, sagt Schnee. Und dann hilft sie mir dabei, das Laken abzuziehen. »Und jetzt?«, fragt sie, als wir fertig sind.

»Sie ist gleich da-ha, sie ist gleich da-ha«, neckt uns der Spiegel.

»Ihr geht zuerst«, sage ich. »Ich halte das Laken. Ihr seilt euch ab, so weit es geht, und dann springt ihr.«

»Und was ist mit dir?«, fragt Schnee.

»Keine Sorge, ich habe einen Plan. Jetzt beeilt euch!«

Klack, klack, klack. Wir hören Schritte die Treppe heraufkommen.

Die Stimme der fiesen Elise hallt durch den Gang. »Oh, Spieglein, Spieglein an der Wand«, singt sie. »Ich habe eine Frage an dich …«

Schnee sieht aus, als würde sie gleich in Ohnmacht fallen, aber ich schiebe sie zum Fenster. Sie muss zuerst hinunter, damit Jonah mir helfen kann, das Laken zu halten, denn sie ist die Schwerste. Und ich will auch, dass sie schon unten ist, für den Fall, dass Jonah Hilfe braucht. Jonah und ich halten das Laken so fest, dass unsere Fingerknöchel weiß hervortreten.

Schnee zögert.

»Los«, sage ich. »Runter mit dir!«

»A-a-aber …«

»Los!«

Sie atmet tief durch und steigt aus dem Fenster. Dann lässt sie sich bis zum Ende des Lakens hinab und baumelt ungefähr anderthalb Meter über dem Boden. »Und jetzt?«, ruft sie.

»Jetzt spring!«, sage ich.

»Ich kann nicht! Ich habe Angst!«

»Du musst aber! Los, spring einfach!«

Sie schließt die Augen, obwohl ich nicht weiß, ob das

hilft, und dann lässt sie los und landet auf dem Hintern. Erst sieht sie etwas erschrocken aus, aber dann lächelt sie.

»Los, Jonah, du bist dran«, sage ich, während ich mir den Schweiß von der Stirn wische.

»Aber Abby«, sagt er. »Wer wird denn für dich das Laken halten?«

»Wie schon gesagt, ich habe einen Plan. Ihr beiden haltet das Laken wie eine Hängematte an den Enden, und ich springe hinein.«

Jonah sieht mich skeptisch an. »Ich weiß nicht, ob das so eine gute Idee ist. Was ist, wenn du dich verletzt?«

Oh. Er macht sich Sorgen um mich! »Ich verletze mich schon nicht. Los jetzt! Wir haben keine Zeit mehr.«

Schnee winkt ihm von unten aus zu, und jetzt bekomme ich es doch mit der Angst zu tun. Er wird doch heile unten ankommen, oder? Er muss! Ich umarme ihn schnell. Dann steigt er aus dem Fenster und lässt sich am Laken hinab. Mit einem großen Lächeln springt er auf den Boden.

Jetzt wird es schon schwieriger.

Jetzt komme ich.

Schnee und Jonah stehen einander gegenüber und spannen das Laken so weit es geht, damit ich genug Platz für die Landung habe.

Ich sehe hinunter. Oje. Kann ich das wirklich?

Ich wende mich an den Spiegel. »Spieglein, Spieglein, bitte sag ihr nicht, dass wir hier waren.«

»Wenn sie danach fragt, muss ich es ihr sagen.«

Mist. Wir haben das Bett abgezogen. Sie wird danach fragen.

Da höre ich, wie der Türknauf gedreht wird. Sie ist da? Sie kommt!

Ich versuche mich so gut wie möglich auszurichten und …

Ich springe.

Kapitel 17

Sanfte Landung

Ich fliege! Ich fliege! Ich fliege!

Okay, vielleicht fliege ich nicht *wirklich*, denn ich bewege mich abwärts statt waagerecht. Und wenn ich mir vorstelle zu fliegen, dann fliege ich eigentlich am Himmel entlang, statt auf den Boden zuzustürzen. Aber trotzdem.

Jippie!

Zack. Ich lande im Laken und als Nächstes bin ich auch schon total darin verheddert. Das Laken riecht nach Mottenkugeln. Eigentlich hätte ich gedacht, dass die Sachen einer Königin, die etwas auf sich hält, nach Blumen oder zumindest nach Weichspüler riechen. Als ich meinen Kopf aus dem Laken hebe, schaut sie gerade aus dem Fenster. »Ihr drei!«, schreit sie. »Wachen! Wachen!«

Ich befreie mich aus dem Bettlaken und rufe: »Lauft! Los! Los, los, los!«

Noch ehe die Wachen überhaupt begriffen haben, was geschieht, sind wir auch schon wieder über die Brücke. Wozu ist bitte schön eine Zugbrücke gut, wenn sie nie hochgezogen wird?! Ich halte Jonah an der Hand, um ihn nicht zu verlieren, und Schnee läuft direkt hinter uns. Sie hat ihren Hut verloren, aber ihre Verkleidung ist inzwischen ja eh aufgeflogen.

Hoppala. Wo ist Hoppala? Hoppala ist weg. »Ich dachte, er wäre ein Genie«, beschwere ich mich.

»Ist er auch«, sagt Schnee. »Er hat sich immerhin selbst losgemacht, oder?«

Na toll.

Wir laufen in den Wald. Ich blicke mich nicht um. Ganz ehrlich, ich bin noch nie in meinem Leben so viel gelaufen.

Zisch. Ein Pfeil zischt an meinem Kopf vorbei und bleibt in einem Baumstamm stecken. Ahh!

Noch ein Pfeil! Und noch einer!

Aus allen Richtungen kommen Pfeile auf uns zugeflogen.

Wir ducken uns. Wir verrenken uns. Wir rennen.

»Sie werden uns fangen!«, ruft Jonah, der immer noch meine Hand umklammert hält.

»Wir müssen uns verstecken!«

»Aber wo?«

Wieder kommt ein Pfeil auf uns zugeflogen. Er erwischt Jonah am T-Shirt, reißt ein Stück Stoff ab und bleibt damit in einem Baumstamm stecken.

Jonah zeigt auf die Spitze des höchsten Baumes. »Wir müssen da rauf.«

»Aber Schnee kann doch nicht auf Bäume klettern.«

»Dann wird es Zeit, dass sie es lernt«, sagt er. Er greift nach einem Ast und zieht sich hoch.

»Komm, Schnee«, sage ich zu ihr. »Du kannst das.«

Ich kann ihr ihre Angst ansehen, aber anstatt Nein zu sagen, greift sie nach dem Ast. Und klettert darauf. Ja! Ich klettere ihr hinterher.

Als die Wachen uns erreichen, sind wir sicher hinter einem Gewirr aus Zweigen und Blättern versteckt.

Während unser Atem allmählich wieder zur Ruhe kommt, finden wir auch langsam unser Gleichgewicht. Die Wachen laufen unter uns vorbei weiter in den Wald hinein.

»Und jetzt?«, fragt Schnee.

»Ich esse erst mal ein Sandwich«, sagt Jonah und nimmt den Ranzen ab. »Ich hätte im Schloss nach Ketchup gucken sollen.«

»Ich meine, was sollen wir denn jetzt TUN?«, fragt Schnee.

Ich hole tief Luft. »Jetzt müssen wir Xavier und den Prinzen retten.«

Kapitel 18

Das Schloss, zweiter Versuch

Wir bleiben noch eine Weile im Wald versteckt, um uns einen neuen Plan einfallen zu lassen.

Wir wollen sowohl Xavier als auch den Prinzen aus dem Kerker retten.

»Aber die Wachen werden nach uns Ausschau halten«, gibt Schnee zu bedenken. Sie hält sich ängstlich an einem großen Ast fest. »Und die Kerker sind bestimmt abgeschlossen.«

»Logisch«, erwidert Jonah. Er baumelt in der Baumkrone, als würde er an einem Klettergerüst hängen. »Kerker haben immer ein Schloss. Sonst würde ja niemand da drin bleiben.«

»Es gibt nur einen einzigen Schlüssel«, sagt Schnee. Ihre Fingerknöchel sind ganz weiß.

Ich balanciere auf zwei Ästen gleichzeitig. »Und wo ist der?«

Schnee zuckt mit den Schultern.

»Vielleicht im Schlafzimmer von der fiesen Elise?«, fragt

Jonah. »Wenn ich den Schlüssel zum Kerker hätte, würde ich ihn unter meinem Kopfkissen verstecken.«

Da muss ich kichern. »Es ist doch kein Milchzahn.«

»Ich weiß, wo *du* ihn aufbewahren würdest«, sagt er zu mir. »In deinem Schmuckkästchen. Da ist auch dein Tagebuchschlüssel.«

»Jonah!«, kreische ich. »Woher weißt du das?«

»Ich war auf Entdeckungstour.« Unschuldig klimpert er mit den Augen. »Schnee, wusstest du, dass du auf Abbys Schmuckkästchen drauf bist? Cool, was?«

Ich muss den Schlüssel definitiv woanders verstecken. Da fällt mir etwas ein. Ein Schlüssel. Ich habe irgendwo einen Schlüssel gesehen. Wo war es noch einmal? Ah! »Die fiese Elise hat den Schlüssel bei sich! Sie trägt ihn an einer Kette um den Hals!«, rufe ich. Ich bin so aufgeregt, dass ich beinah vom Baum falle.

Schnee schreit auf, doch ich schaffe es gerade noch, mein Gleichgewicht wiederzufinden.

»Vorsicht«, sagt Jonah. »Aber wie sollen wir an den Schlüssel herankommen, wenn sie ihn an einer Kette um den Hals trägt?«

Das ist eine sehr gute Frage.

Ein paar Stunden später machen wir uns wieder auf den Weg zum Schloss. Nur ist es jetzt mitten in der Nacht. Aber der Mond und die Sterne leuchten so hell, dass wir genug sehen können.

Unser Plan ist, uns wieder ins Schlafzimmer der fiesen Elise zu stehlen und ihr im Schlaf den Schlüssel abzunehmen.

Zum Glück sind die Wachen nicht mehr da. Doch dafür ist jetzt die Zugbrücke hochgezogen.

»Ähm, wie sollen wir ohne die Brücke ins Schloss kommen?«, frage ich.

»Ich fürchte, wir müssen hinüberschwimmen«, sagt Schnee.

»Cool!«, ruft Jonah.

Oh-oh. Okay, ich gebe es zu. Ich bin keine kleine Meerjungfrau.

»Warte nur, bis du meinen Kraulstil siehst!«, sagt Jonah zu Schnee. »Ich kann richtig gut kraulen!« Angeber.

Wenigstens müssen wir nicht allzu weit schwimmen. Der Graben ist nur ungefähr fünf Meter breit. Ich kann das. Bestimmt. Vielleicht.

»Und was ist, wenn uns jemand sieht?«, fragt Schnee. Doch dann hält sie sich auch schon die Nase zu und watet ins Wasser.

Jonah folgt ihr. »Wie lange kannst du die Luft anhalten?«

Es gefällt mir irgendwie überhaupt nicht, in welche Richtung dieses Gespräch geht. »Na gut, bringen wir es hinter uns«, sage ich. Ich mache einen Schritt ins Wasser und sinke sofort ein. Igitt, ist das matschig. Und kalt ist es außerdem. »Okay, gehen wir. Schnell, schnell«, sage ich. »Und seid leise.«

Jonah trägt immer noch den Ranzen auf dem Rücken. Die Sandwiches werden ganz schön pampig werden.

»O nein.« Schnee hält mitten im Brustschwimmen inne und erstarrt. »O nein, o nein, o nein. Ich habe Kroko ganz vergessen.«

»Wer ist Kroko?«, frage ich. »Ein Wachmann?« Es sind bestimmt noch ein paar Wachen unterwegs.

»Nein. Das Krokodil, das hier im Graben lebt!«

Ich schnappe nach Luft und verschlucke mich dabei am Wasser. »In diesem Graben? In dem wir gerade schwimmen?« Will sie mich auf den Arm nehmen?

Jonah zeigt auf etwas. »Ist es das?«

O Gott. Vor uns ist ein Krokodil. Ein großes Krokodil. Ein riesengroßes, schuppiges Krokodil, das gerade auf einem großen Vogel herumkaut, als wäre der Vogel eine Selleriestange.

»Nein«, sagt Schnee, die immer noch wie versteinert ist. »Das ist viel kleiner als Kroko. Anscheinend hat Kroko ein Baby bekommen.«

Das soll ein Babykrokodil sein?! Es ist riesig! Ich sehe Schnee an. »Wie konntest du zwei Krokodile vergessen?!«

»Ich hatte eben andere Dinge im Kopf«, schnaubt sie. »Und als ich von hier weggegangen bin, gab es auch nur Kroko!«

Da nähert sich uns von links ein noch viel größeres Krokodil. Und schnappt mit seinem gigantischen Krokodilmaul.

»Vielleicht sollten wir besser umdrehen«, sage ich mit zitternder Stimme.

Aber der Rückweg wird uns vom Babykrokodil versperrt, das mit seinen Babykrokodilszähnen klappert. Ich würde das Babykrokodil ja vielleicht ganz niedlich finden, wenn es nicht vorhätte, uns zu verspeisen.

Da schnappt Mamakrokodil wieder nach uns.

Dann wieder Babykrokodil.

Dann wieder Mama. Und dieses Mal fliegt Mama buchstäblich durch die Luft.

»Ein fliegendes Krokodil!«, brüllt Jonah. »Toll!«

Toll? Das ist überhaupt nicht toll! Die Zähne von dem Krokodil sehen aus wie Steak-Messer!

Mamakrokodil stürzt sich auf uns. »Ans Ufer! Ans Ufer!«, schreie ich und ziehe mit den Händen an Jonah und der immer noch versteinerten Schnee, während ich versuche, zurückzuschwimmen. Ich trete wie wahnsinnig, aber es ist nicht besonders einfach, beim Schwimmen voranzukommen, wenn man die Arme nicht benutzen kann. Und Jonah ist richtig schwer. Warum ist er bloß so schwer? Ah, der Ranzen! »Was hast du da drin? Wackersteine, oder was?«, gurgele ich, als mir Wasser in den Mund schwappt.

»Die Sandwiches!«, ruft Schnee. »Gib ihnen die Sandwiches!«

Jonah reißt sich den Ranzen vom Rücken und holt drei der inzwischen ziemlich nassen Sandwiches mit Eintopf heraus. Zwei wirft er Mama zu. Und das dritte bekommt Baby. Ob das funktioniert?

Babykrokodil sieht verwirrt aus. Mamakrokodil stupst mit dem riesigen Maul gegen ein Sandwich. Und stupst noch einmal. Schnüffelt sie daran?

Und auf einmal mampft Mamakrokodil das Sandwich auf. Babykrokodil tut es ihr nach.

»Auch Krokodile brauchen was zu essen«, meint Jonah nickend.

»Solange sie nicht uns essen …«, bemerke ich.

Als wir endlich wieder festen Boden unter den Füßen haben, lassen Schnee und ich uns erleichtert auf das Ufer fallen.

Ganz anders als Jonah. Er winkt den Krokodilen fröhlich zu.

Tropfnass stehe ich mit wackligen Beinen wieder auf. »Wir müssen ein offenes Fenster im Erdgeschoss finden«, sage ich. »Ich probiere diese hier. Ihr übernehmt die dort drüben.«

Ich versuche nacheinander drei Fenster zu öffnen. Sie sind alle verschlossen.

»Sie sind alle zu«, sagt Schnee, als wir wieder zusammenkommen.

Hm. »Und jetzt?«

Schnee zeigt hoch. »Das Fenster der fiesen Elise steht immer noch offen.«

»Ja, schon«, sage ich. »Aber wie sollen wir da hinkommen? Fliegen?«

Jonah blickt zurück aufs Wasser. »Vielleicht können die Krokodile ja fliegen …«

»Jonah, NEIN. Das ist hier keins von den Spielen, die du bei uns zu Hause im Keller spielst. Das ist hier nicht Fliegendes Krokodil. Krokodile können nicht fliegen. Und auch wenn sie es könnten, dürftest du nicht auf ihnen reiten. Jedenfalls nicht, solange ich ein Auge auf dich habe.« Ich denke, ich sollte vielleicht auch mal ein Auge auf meine Uhr werfen, denn so langsam läuft unsere Echtzeit ab … Aber nein. Ich sehe besser nicht auf die Uhr. Das regt mich nur viel zu sehr auf.

Jonah zuckt mit den Schultern und sieht wieder zum Schloss. »Oh, guck mal! Da stehen ja ein paar Steine hervor, wie bei der Kletterwand beim Kurs.«

»Und?«, frage ich.

Jonah schlägt begeistert die Hände zusammen. »Wir werden hochklettern!«

Was? Nein! »Auf gar keinen Fall«, sage ich.

»Auf jeden!«, jubelt er. »Das ist total einfach. Sogar noch einfacher, als auf Bäume zu klettern. Ich bin einer der besten Kletterer aus meinem Kurs, weißt du?«

»Aber in dem Kurs bist du mit Seilen abgesichert.«

»Ich brauche aber gar keine Sicherung. Ich bin noch nie runtergefallen.«

»*Bis jetzt* bist du noch nie runtergefallen.«

»Abby«, sagt er in ernstem Tonfall und zieht eine Schnute. »Ich kann das. Vertrau mir.«

»Ich kann das nicht«, sagt Schnee mit bleichem Gesicht. »Ich hatte heute schon genug Höhenangst.«

»Ich kann es alleine machen«, sagt Jonah. »Ich klettere hoch, und ihr zwei spottet mich. Ich werde durch das Fenster klettern, den Schlüssel holen …«

»Ich werde NICHT zulassen, dass du an einer Schlosswand hochkletterst«, sage ich. »Ende der Diskussion. Und überhaupt, selbst wenn ich es dir erlauben würde, wie soll es dann weitergehen?«

»Die fiese Elise schläft, richtig? Ich nehme ihr vorsichtig die Kette ab, schleiche mich die Treppe runter und lasse euch durch ein Fenster im Erdgeschoss rein. Dann retten wir Xavier und den Prinzen und gehen nach Hause. Fertig«, erklärt Jonah und reibt sich imaginären Staub von den Händen.

Folgende Dinge wollen mir dabei gar nicht gefallen:

1. Dass mein kleiner Bruder ohne Sicherung zwei Stockwerke an einer Schlossmauer hochklettern will.
2. Dass mein kleiner Bruder ganz alleine in das Schlafzimmer der fiesen Elise eindringen will.
3. Dass mein kleiner Bruder gute Ideen hat, wenn mir absolut nichts einfällt. Okay, in Ordnung. Ich bin stolz auf ihn. Aber trotzdem.

»Schnee, du musst uns spotten«, weise ich sie an. »Ich werde auch hinaufklettern.« Kann ja nicht so schwierig sein.

Kapitel 19

Es ist schwierig.
Es ist richtig, richtig schwierig.

Die Zehen tun mir weh. Die Finger tun mir weh. Der ganze Körper tut mir weh. Und wir sind gerade erst ein paar Zentimeter über dem Boden.

Jonah hält sich mit nur einer Hand fest und zeigt mir mit der anderen seinen hochgereckten Daumen. »Das machst du super!«

»Beide Hände an die Mauer!«, befehle ich. Ich kann es nicht fassen, dass er so etwas zum Vergnügen macht.

»Nicht runtergucken!«, ruft er.

Doch natürlich sehe ich hinunter. Ahh!

Wir klettern und klettern und klettern. »Wir sind fast da«, verkündet Jonah schließlich. Oben angekommen, zieht er sich über das Fensterbrett und verschwindet hinter den todschicken lilafarbenen Vorhängen.

»Jonah«, flüstere ich laut. »Ich möchte, dass du immer in Sichtweite bleibst!«

Eine Sekunde später steckt er den Kopf durchs Fenster

und streckt eine Hand hoch, mit der er das Victory-Zeichen macht. »Gewonnen!«

»Pst!«

Dann beugt er sich aus dem Fenster und hilft mir hoch und über das Fensterbrett.

Direkt vor uns liegt die fiese Elise. Zum Glück schläft sie tief und fest.

»*Schnaaaaaaaaaaarch!*«

Die fiese Elise *schnarcht*. Hahahahaha. Jonah und ich kichern. Wir können einfach nicht anders.

»Was ist denn da so lustig?«, fragt auf einmal eine Stimme hinter uns.

Mein Herz setzt einen Schlag aus. Als ich mich umdrehe, sehe ich direkt in den Spiegel. Wie konnte ich den sprechenden Spiegel vergessen?

»Pst! Bitte weck sie nicht«, flüstere ich.

»Was hast du gesagt?«, fragt der Spiegel.

»Spieglein, Spieglein«, korrigiere ich mich. »Pst. Bitte weck sie nicht.«

»Schon besser«, sagt der Spiegel. Dann senkt er die Stimme. »Ich werde sie nicht wecken. Die Königin hat einen guten Schlaf. Und ich will nicht, dass ihr Ärger bekommt. Ich mag euch beide nämlich. Und ich mag Schnee.«

»Aber Spieglein, Spieglein«, sage ich. »Wenn du uns so sehr magst, warum hast du der fiesen Elise dann verraten, dass Schnee noch lebt?«

»Ich konnte nicht anders. Ich muss der Königin die Wahrheit sagen. Das ist Teil des …«

»*Schnaaaaaaaaaaarch!*«

Jonah legt die Hände auf den Spiegel. »Teil des was? Ist es etwa ein Fluch? Moment – bist du am Ende ein richtiger Mensch, der da im Spiegel gefangen ist?«

»Tja, ich bin bestimmt nicht hier drinnen, weil es hier so toll ist.«

»Das ist ja blöd«, sagt Jonah.

»Was du nicht sagst. Ich mache den ganzen Tag nichts anderes als spiegeln. Das ist auf die Dauer echt ganz schön langweilig.«

»Wie heißt du denn in Wirklichkeit?«, fragt Jonah. »Spieglein, Spieglein.«

»Ga-Gabrielle«, antwortet der Spiegel mit einem kleinen Schluchzer.

Oh! Es ist ein Mädchen! »Hi, Gabrielle«, sage ich.

»Spieglein, Spieglein, darf ich dich Gabby nennen?«, fragt Jonah. »Das reimt sich auf Abby!«

»Darfst du nicht«, sagt das Mädchen im Spiegel.

Das nehme ich jetzt mal nicht persönlich.

Ich schleiche mich auf Zehenspitzen zum Bett der Königin. Sie schläft auf dem Rücken. Die Decke hat sie bis zum Kinn hochgezogen. Vorsichtig ziehe ich die Decke ein Stück herunter, sodass ich die Kette sehen kann.

»*Schnaaaaaaaaaaarch!*«

Ich mache einen Satz zurück. Aber dann beuge ich mich wieder vor. Ich sehe ihn! Ich sehe den Schlüssel! Aber wo ist der Verschluss der Kette? O nein! Er muss hinten in ihrem Nacken liegen. Wie soll ich ihr hinter den Kopf fassen, ohne sie zu wecken? Aber natürlich! Wenn sie ständig so viele Kostüme trägt, dann muss sie auch irgendwo in der Nähe eine Schere für letzte Änderungen haben, richtig? »Gabrielle, Gabrielle«, flüstere ich. »Wo hat sie denn eine Schere?«

»In der Schreibtischschublade.«

Ich schleiche zum anderen Ende des Zimmers und öffne die Schublade. Darin herrscht ein einziges Chaos. Lauter Papier, Schreibfedern, Tintenfässer, und – tada! – eine Schere! »Gefunden!«

Ich nehme eines der Blätter heraus. Darauf steht wieder und wieder: *Die Schönste im ganzen Land*. Unzählige Male, von oben bis unten.

Da fällt mir die Bemerkung ein, die Schnee am Vormittag gemacht hat, und ich frage: »Gabrielle, Gabrielle, weißt du zufällig, ob Schnees Vater ein Testament hinterlassen hat?«

»Natürlich weiß ich das«, sagt sie. »Ich weiß alles.«

»Also hat er eins geschrieben?«, frage ich ungeduldig. »Gabrielle, Gabrielle?«

»Ja, hat er.«

Das gibt es doch nicht! »Kannst du mir sagen, wo es ist?«

»Natürlich kann ich das.«

»Kannst du bitte damit aufhören und mir einfach ganz normal antworten? Bitte! Gabrielle, Gabrielle!«

»Kein Grund, pampig zu werden, Madame. Es ist hinter mir versteckt. Hebt mich einfach hoch – aber vorsichtig –, dann seht ihr es.«

Jonah und ich heben den Spiegel an – ganz vorsichtig – und stellen ihn sanft auf den Boden. Die Wand dahinter besteht aus losen Ziegelsteinen.

»Du siehst hinter den Steinen nach«, sage ich zu Jonah. »Ich hole den Schlüssel.«

Ich schleiche mich zurück zum Bett der Königin. Ich beuge mich über sie …

»*Schnaaaaaaaaaarch!*«

Wieder mache ich einen Satz zurück. Ihr Schnarchen ist wirklich schrecklich. Ich muss mich konzentrieren! Ich muss die Kette durchschneiden!

Schnapp!

Erledigt! Ich greife nach dem Schlüssel und umschließe ihn mit der Faust. »Ich hab ihn. Hast du das Testament?«

Jonah starrt durch ein rundes Loch in der Wand. »Da liegt ein ganzer Haufen Papiere«, sagt er. »Die sehen irgendwie alle wichtig aus.«

»Okay, dann tu sie in deinen Ranzen.« Ich helfe ihm, die Steine wieder an ihren Platz zu räumen. »Lass uns gehen. Gabrielle, Gabrielle, vielen Dank für deine Hilfe. Wir kommen wieder, wenn wir den Prinzen und den Jäger befreit haben, damit du uns nach Hause bringen kannst.« Jetzt kann ich nicht anders, als einen Blick auf meine Uhr zu werfen. Es ist bereits nach sechs. Die Zeit läuft uns davon!

»Viel Glück!«, ruft Gabrielle uns hinterher, während wir schon aus dem Zimmer rennen.

Wir laufen die Wendeltreppe die zwei Stockwerke ins Erdgeschoss hinunter. Dort öffnen wir die Fensterläden, um Schnee hereinzulassen. Sie krabbelt durch ein kleines Fenster, und dann folgen wir ihr durch eine Tür am Ende des Ganges.

Ich schließe die Tür auf und blicke in absolute Dunkelheit.

»Wir müssen die Treppe hinunter«, sagt Schnee.

»Ich sehe noch nicht einmal die Hand vor Augen, geschweige denn eine Treppe«, sage ich. »Hey, Jonah, du hast nicht zufälligerweise eine Taschenlampe in deinem Ranzen?«

Er zieht die Nase kraus. »Nein. Aber hast du nicht Licht an deiner Uhr?«

»Oh! Stimmt!« Ich drücke auf den Lichtschalter an meiner Uhr, und eine super unheimliche, super verschlungene, knarrende Wendeltreppe kommt zum Vorschein. »Oje!« Dieser Keller ist noch viel unheimlicher als unser Keller zu Hause.

»Los, los, kommt schon«, ruft Jonah.

»Halt dich am Geländer fest«, sage ich zu ihm. »Ich hoffe für dich, dass du deine Schuhe ordentlich zugeschnürt hast.«

Wir winden uns die Wendeltreppe immer weiter hinab und hinab und hinab. Ich halte das Geländer und den Schlüssel umklammert, als hinge mein Leben daran.

Als wir endlich unten ankommen, hole ich tief Luft und frage Schnee: »Und wohin jetzt?«

Da läuft mir etwas über den Fuß. Eine Ratte. Ich schlage mir die Hand vor den Mund, um nicht laut loszuschreien.

Etwas weiter entfernt hören wir ein Klappern und dann eine Stimme: »Hallo? Ist da jemand?«

»Prinz Trevor?«, rufe ich. »Sind Sie das?«

Jonah läuft los. »Wir kommen, Mr. Trevor. Wir retten Sie!«

Wir laufen auf eine große, runde Tür zu. Vor dem kleinen Fensterchen drängen wir die Köpfe zusammen und können den Prinzen sehen. Er sieht wirklich verdammt gut aus. Er ist groß und hat blondes Haar. Ziemlich prinzenmäßig sieht er aus, sogar bei der schummrigen Beleuchtung im Kerker.

»Hey, Schnee«, flüstere ich. »Bring deine Frisur in Ordnung, schnell!« Ich wünschte, ihr Haar wäre nicht von diesem vergifteten Kissen angeschmort worden. Ich drehe den Schlüssel im Schloss herum, und die Tür schwingt auf.

»Hallo«, sagt der Prinz.

»Hallo«, sagen Jonah und ich.

Schnee piept kurz.

»Ich bin Abby«, stelle ich mich vor und will ihm die Hand geben. Doch dann frage ich mich, ob es nicht eher angebracht wäre, einen Knicks zu machen oder so, und ziehe die Hand wieder zurück. Aber er hat mir seine Hand schon entgegengestreckt, also nehme ich sie.

Wir schütteln uns die Hände.

»Schön, Sie kennenzulernen«, sage ich.

»Ebenfalls«, sagt er. »Vielen Dank, dass ihr mich befreit. Ich bin Prinz Trevor.«

»Gern geschehen. Das hier ist mein Bruder Jonah, und das ist meine gute Freundin Schnee.«

Schnee piept noch mal.

Ich glaube, sie *mag* ihn. Oh! Vielleicht verliebt er sich ja jetzt in sie, und Schnee bekommt doch noch ihr Happy End!

Sie piept ja schon wieder.

»Entschuldigung, hast du etwas gesagt?«, fragt sie der Prinz.

Sie schüttelt den Kopf.

Hmm. Wie soll er sich denn in sie verlieben, wenn sie noch nicht einmal den Mund aufbekommt?! Obwohl, in der richtigen Geschichte hat er sich ja auch in sie verliebt, obwohl sie definitiv kein Wort geredet hat. Allerdings hatte vielleicht ihr Totsein etwas damit zu tun. Und ihre Schönheit. Gerade sieht sie ganz schön schlimm aus. Sie hat Seetang aus dem Wassergraben in den Haaren, und ich wünschte, sie würde etwas anderes als meinen Schlafanzug tragen. Wenn wir ihn erst einmal befreit haben, werden die beiden sich hoffentlich zusammen etwas entspannen und herumalbern, und dann können sie miteinander reden und sich ineinander verlieben.

»Wo ist der zweite Kerker mit dem Jäger?«, frage ich Schnee.

Wir folgen ihr einen kurvenreichen, dunklen Gang entlang. Dann schaut sie wieder durch ein kleines Fensterchen. »Er ist es! Zumindest glaube ich, dass er es ist. Es ist so dunkel.«

Ich schließe die Tür auf und öffne sie.

Drinnen sitzt ein Typ, der ungefähr so alt ist wie mein Vater. Seine Haare sind lang. Richtig lang. Und auch sein Bart ist richtig lang. Er sieht aus wie Bob, nur älter.

»Schneewittchen?«, sagt er. »Du bist immer noch am Leben?«

»Was dein Glück ist«, sage ich zu ihm. »Los, lasst uns gehen.«

Wir laufen die wackelige Wendeltreppe wieder hinauf.

Als wir im Erdgeschoss ankommen, greife ich nach Jonahs Arm. »So, wir haben sie befreit. Jetzt gehen wir nach Hause.«

Doch dann hören wir:

Goong! Goong!

»Was ist das?«, frage ich und halte mir schnell die Ohren zu.

Schnee sieht auf einmal aus, als wenn sie panische Angst hätte. »Die Alarmglocke! Man hat uns entdeckt!«

Kapitel 20

Lauft!

Goooong! Goooong! Goooong!

»Jemand muss uns gehört haben!«, ruft Schnee. »Wir müssen sofort verschwinden!«

Mag ja sein, dass die fiese Elise einen guten Schlaf hat. Aber bei diesem Lärm wird sie garantiert aufwachen.

»Wir müssen von hier verschwinden. Auf der Stelle!«, wiederholt Prinz Trevor.

Wir brauchen einen Plan! »Zum Graben!«, rufe ich. »Wir werden schwimmen!«

Da zieht mich Jonah am Arm. »Das ist vielleicht keine so gute Idee. Wir haben keine Sandwiches mehr.«

Verflixt. Wir brauchen einen neuen Plan! Ah! Ich weiß! »Schnee, können wir die Zugbrücke herunterlassen?«

»Ja!«, ruft sie, während sie auch schon auf das Eingangstor zuläuft. »Aber ich brauche Hilfe!«

Prinz Trevor eilt an ihre Seite. »Was soll ich tun?«

»Ziehen!« Sie zeigt auf einen Hebel.

Er zieht an einem Hebel. Schnee zieht an dem auf der

anderen Seite. Die zehn Meter lange Brücke kracht mit lautem Getöse herunter.

Wenn die fiese Elise nicht sowieso schon wach war, dann ist sie es jetzt.

Ich greife nach Jonahs Hand und schreie: »Los!« Alle fünf laufen wir los. Jonah und ich vorneweg, Xavier hinter uns und Prinz Trevor und Schnee zum Schluss.

»Halt!«, höre ich da jemanden rufen.

Auf einmal stehen Arnaldo und zwei weitere Wachen auf der Brücke und versperren uns den Weg. Sie sind groß. Sehr groß. Ich glaube, die haben sogar Tattoos. Schlangentattoos. Oder vielleicht tragen sie auch richtige Schlangen am Körper. Wer weiß. Auf jeden Fall wirken sie ganz schön bedrohlich. Und ihre Pfeile sind auf uns gerichtet.

Wie angewurzelt bleiben wir stehen. Die Wachen haben wohl doch die Außenanlagen durchstreift. Ups.

»Lasst uns umdrehen«, meint Xavier.

Wieder ein neuer Plan! Wir drehen uns um. Leider steht jetzt die fiese Elise im Schlosseingang. Und rechts und links von ihr steht jeweils ein kräftiger Wachmann. Mit noch mehr Schlangentattoos. Und noch mehr Pfeile sind auf uns gerichtet.

Was sollen wir jetzt tun?! Ich schaue nach rechts. Mamakrokodil sieht uns mit weit aufgesperrtem Maul und hungrigem Blick an. Auf der linken Seite ist Babykrokodil und sieht ähnlich hungrig aus.

Wir sind umzingelt.

Und ich habe keinen Plan.

»So, so«, knurrt die fiese Elise. »Wen haben wir denn da?

Wachen! Sperrt den Prinzen und den Jäger in Kerker Nummer eins. Bruder und Schwester kommen in Kerker Nummer zwei.«

O nein! Wir können nicht in den Kerker! Wie sollen wir nach Hause kommen, wenn wir im Kerker eingesperrt sind?

Gar nicht. Wenn wir erst einmal im Kerker sind, werden wir nie mehr nach Hause kommen. Dann ist es aus und vorbei.

»Kerker Nummer zwei ist der bessere Kerker«, flüstert Jonah mir zu. »Ich glaube, ich habe darin einen Ball gesehen.«

»Das war eine Ratte«, sage ich zu ihm. »Und ich will in keinen der beiden Kerker.«

Die fiese Elise kichert. »Und was Schnee angeht …«

»Das ist Schnee? Ich dachte, Schnee wäre untergetaucht!«, ruft einer der Wachmänner.

»Und ich dachte, sie wäre tot«, murmelt Arnaldo verwundert.

»Ihr habt beide recht«, sagt die fiese Elise. »Sie war bislang untergetaucht. Und bald wird sie tot sein.«

Doch da zerspringt etwas in Schnee. »NEIN!«, schreit sie, so laut wie sie kann. »NEIN, NEIN, NEIN! Ich habe die Nase voll davon, dass du ständig versuchst, mich umzubringen. Hast du verstanden? Es reicht, ein für alle Mal!« Dann zeigt sie auf die Wachen. »Ich befehle euch, die Waffen runterzunehmen!«

Die Königin lacht. »*Du* befiehlst ihnen? Du kannst ihnen nichts befehlen. *Ich* habe hier das Kommando. Du bist nichts. Nichts weiter als eine Putzfrau im Haus der Zwerge.«

Die Zwerge! Vielleicht kommen sie ja und retten uns! Das ist es doch, was im Film immer passiert. Die Heldin denkt schon, dass sie gleich zu Katzenfutter verarbeitet wird, und dann schwingen sich auf einmal ihre Freunde aus den Bäumen und retten sie. Die Zwerge haben Schnee schon mehrmals gerettet. Sie werden es also auch wieder tun, richtig?

Aber woher sollen sie überhaupt wissen, dass sie uns retten müssen? Hm. Angeblich ist Hoppala ja ein Genie. Wahrscheinlich hat er sich deswegen vorhin befreit – um zu den Zwergen zu laufen! Und jetzt werden sie gerade noch rechtzeitig auftauchen.

Jede Sekunde.

Jetzt.

Jonah stößt mich in die Rippen. »Abby!«

»Nicht jetzt, Jonah.«

»Aber Abby.«

»Ich bin gerade beschäftigt, Jonah.« Na ja, das stimmt nicht wirklich. Aber ich werde es sein, jeden Moment. Sobald die Zwerge auftauchen.

»Abby!«, schreit er. Er nimmt den Ranzen ab, öffnet ihn und hält mir einen Stapel Papiere hin. »Das Testament!«

Das Testament? O ja! Das Testament!

»Wir haben das Testament des Königs gefunden!«, rufe ich.

»Wirklich?«, fragt Schnee überrascht.

Ich sehe mir die erste Seite an, dann die zweite und dann die dritte. Hoffentlich ist hier etwas dazwischen, was Schnee helfen kann. Bitte. Bitte, bitte! Bitte mit Sahne obendrauf? Ganz lieb bitte mit einem ganzen Becher Sahne obendrauf?

»Bist du bald fertig?«, fragt die fiese Elise, während sie ihre schwarzen Fingernägel bewundert. »Mir ist langweilig.«

Fieberhaft blättere ich durch die Seiten. Nichts … nichts … Oh! Da! Ich habe es! Seite elf, Absatz zwei! Ich habe es gefunden! Ich räuspere mich laut.

»›Im Falle meines Ablebens wird das Königreich Zamel das Eigentum meines einzigen Kindes, Schneewittchen, Prinzessin von Zamel, werden. Bis zu ihrem 16. Geburtstag wird Königin Elise ihr Vormund sein, und dann wird Schneewittchen Königin.‹«

Alle schnappen nach Luft.

»Ich BIN sechzehn!«, ruft Schnee.

»Das ist mir egal. Und wenn du dreißig wärst«, fährt die fiese Elise sie an. »Zamel gehört mir.«

»Ganz offensichtlich nicht«, murmelt Arnaldo. »Sie sind eine Betrügerin. Schnee ist die Königin! Nehmt die Betrügerin gefangen, Jungs!«

Die ganzen tätowierten Wachen stürmen auf die fiese Elise zu.

Ja! Juhu!

Doch da ruft die fiese Elise: »Ihr habt noch längst nicht gewonnen! Denn wenn Schnee erst tot ist, kann sie nicht Königin sein.«

Und dann zielt sie mit einem Pfeil auf Schnee und spannt den Bogen.

»Nein!«, rufe ich.

»Nein!«, schreien die Wachen und werfen sich auf die fiese Elise.

Aber es ist zu spät. Der Pfeil fliegt bereits durch die Luft.

»Nein!«, ruft Prinz Trevor. Wie in Zeitlupe springt er vor Schnee.

Schnee ist gerettet. Ja!

Doch der Pfeil trifft Prinz Trevor direkt in die Brust.

»Oh! Oh! Oh!« Alle schreien wild durcheinander. Ich schreie am meisten.

Prinz Trevor ist immer noch auf den Beinen, aber seine Knie zittern furchtbar. Nach ein paar dramatischen Sekunden klappt er zusammen und fällt über den Rand der Brücke ins Wasser. *Platsch!*

»O nein!«, ruft Schnee und springt ihm hinterher. *Platsch!*

»Schnee«, rufe ich, bevor ich ihr folge. *Platsch!*

»Ich auch!«, jubelt Jonah.

»Jonah, NEIN!« Ich will ihn aufhalten, doch zu spät. Er macht bereits eine Arschbombe in den Graben. *Platsch!* Warum kann er nicht *einmal* auf mich hören? Das ist ja so was von nervig!

Platsch! landet auch Xavier im Wasser.

Jetzt sind wir alle im Graben.

Dummerweise auch die Krokodile.

Schnapp.

Schnapp, schnapp.

Schnee greift dem blutenden Prinz Trevor unter die Arme, um ihn über Wasser zu halten, während sie wie wild mit den Beinen strampelt. Xavier hält die Füße des Prinzen. Ich halte Jonah. Mamakrokodil und Babykrokodil kommen auf uns zu.

Mit weit aufgerissenen Mäulern.

Sie knurren.

Sie sind hungrig.

Ich habe einen ganz trockenen Mund. Vor Angst zerspringt mir fast das Herz in der Brust.

Das war es dann wohl. Jetzt ist es aus und vorbei. Wir werden nie mehr nach Hause kommen. Wir werden unsere Eltern nie wiedersehen.

Ich drücke meinen zitternden Bruder fest an mich, schließe die Augen und warte darauf, von den Krokodilen gefressen zu werden.

Kapitel 21

Immer noch am Leben

Etwas trifft mich mitten im Gesicht.

Krokodilszähne? Nein. Es ist weich. Eine Krokodilszunge?

Und noch einmal.

»Sandwiches!«, jubelt Jonah.

Ich reiße die Augen auf. Sandwiches mit Eintopf fliegen über das Wasser, und die Krokodile mampfen sie genüsslich auf. Häh?

»Ich dachte, wir hätten keine mehr«, sage ich.

»Hatten wir auch nicht!«, ruft Jonah.

»Aber woher …?«

Jonah zeigt aufs Ufer, wo alle sieben Zwerge stehen und dabei sind, die Sandwiches ins Wasser zu werfen.

Sie sind gekommen! Juhu! Hoppala steht stolz neben ihnen. Er hat sie also tatsächlich geholt. Er ist wirklich ein Genie!

Während die Krokodile damit beschäftigt sind, sich den Bauch vollzuschlagen, tragen wir Prinz Trevor ans Ufer.

Xavier zieht ihm vorsichtig den Pfeil aus der Brust. Aber es hilft nichts.

Prinz Trevors Augen bleiben geschlossen. Er atmet nicht.

»O nein«, sagt Jonah. Ich nehme ihn in den Arm und drücke ihn fest an mich. Ich will nicht, dass er das sieht.

»Er ist von uns gegangen«, sage ich. Ich kann es nicht glauben. Er ist wirklich tot. Und es ist meine Schuld. Wenn ich ihm den Brief nicht geschrieben hätte, wäre er gar nicht erst zum Schloss gekommen.

Er wird niemals König werden.

Er wird sich niemals in Schnee verlieben.

Er wird niemals mehr irgendetwas tun.

Tränen kullern mir übers Gesicht. Der arme, arme Prinz Trevor.

»Nein«, sagt eine Stimme hinter mir leise. »Nein, nein, nein.«

Als ich mich umdrehe, sehe ich, wie Schnee neben dem Prinzen kniet und die Tränen ihr nur so das Gesicht herunterlaufen. »Nein«, sagt sie wieder, und ihre Stimme wird fester. »Nein, nein, nein! Das soll ein Happy End sein?! Das ist KEIN glückliches Ende!«

»Schnee«, sage ich sanft. »Wir können leider nichts tun.«

»Aber in der Geschichte bin ich doch auch wieder zum Leben erwacht! Warum kann mein Prinz das dann jetzt nicht auch?«

»Ich … ich …« Darauf habe ich keine Antwort. Und auch wenn ich eine hätte, mein Hals ist wie zugeschnürt, und ich bringe kein Wort heraus.

Doch Schnee sieht auf einmal ganz wild entschlossen aus. Sie beugt sich über den Prinzen und drückt ihre Lippen auf seine. Und dann passiert es.

Das eine Augenlid zuckt.

Das andere Augenlid zuckt.

Und dann sind beide Augen offen.

Er lebt! Er lebt?!

»Du«, sagt Prinz Trevor, als er Schnee ansieht. »Du hast mich geküsst. Ich war tot, aber dein Kuss hat mich wieder zum Leben erweckt.«

Schnee nickt und lächelt. »Es war nicht wirklich ein Kuss. Eher Mund-zu-Mund-Beatmung.«

»Du kannst Erste Hilfe?«, fragt Jonah. »Das ist ja cool!«

»Natürlich kann sie das«, sagt Frances. »Als die fiese Elise anfing, ihr nach dem Leben zu trachten, haben wir alle Erste Hilfe gelernt.«

Prinz Trevor setzt sich auf und strahlt. »Was auch immer es war, du hast mein Leben gerettet.«

»Zuerst hast du *mein* Leben gerettet!«, sagt Schnee mit einem großen Lächeln auf den Lippen. »Du hast den Pfeil abgefangen, der auf mich gerichtet war!«

»Du hast mich zuerst aus dem Kerker befreit! Du bist so wunderbar!«

»Nein, du bist wunderbar!«

Die beiden sehen sich verträumt in die Augen. Sie hat ihm wirklich das Leben gerettet. Und er ihr. Sie haben sich gegenseitig gerettet.

Das sollten wir feiern!

Nur, dass die Geschichte eigentlich ganz anders geht. Eigentlich ist es genau umgekehrt. Jedenfalls ist jetzt alles ganz durcheinander.

Hm. Diese Version ist vielleicht anders als die in meinem Buch, aber ist das denn so schlimm? Schnee hat doch jetzt ihr Happy End, nicht wahr?

Vielleicht ist es ja auch manchmal ganz gut, wenn sich Dinge verändern?

Prinz Trevor kniet vor ihr nieder. »Schneewittchen«, sagt er. »Willst du mich heiraten?«

Ja!

»Im Ernst?«, fragt Schnee mit gerunzelter Stirn. »Wir sind uns doch gerade erst vor fünf Minuten begegnet.«

Da hat sie natürlich recht. Und außerdem ist sie gerade mal sechzehn. Sie ist noch viel zu jung, um zu heiraten. Zumindest in der Welt, aus der ich komme.

»Ich kenne dich noch gar nicht richtig«, fährt Schnee fort. »Ich meine, hast du wirklich mal mit Steinen nach Leuten geworfen?«

»Was? Nein!« Er wird rot. »Okay, vielleicht. Aber da war ich zwei. Kannst du mir verzeihen?«

Schnee legt den Kopf schief. »Na gut, in Ordnung. Ich habe auch ein paar dumme Sachen gemacht, als ich klein war. Einmal habe ich Kleber über die Bürste meiner Stiefmutter getropft.«

»Die hat es aber auch verdient«, sage ich.

Und wo wir gerade bei der fiesen Elise sind: Die wird gerade von Xavier ins Schloss geschleppt, wobei sie wild um sich schlägt und wie am Spieß schreit. »Wollen wir doch einmal sehen, wie es *dir* im Kerker gefällt«, macht Xavier sich über sie lustig.

»Hör zu, Trevor«, sagt Schnee. »Im Moment will ich gar keine feste Beziehung. Jetzt, wo ich Königin bin, muss ich mich erst einmal auf meine Aufgaben hier konzentrieren.«

»Verstehe.« Der Prinz nickt. »Wie wäre es, wenn wir es etwas langsamer angehen lassen? Wie wäre es mit einem gemeinsamen Abendessen?«

Perfekt! Es wird vielleicht etwas länger dauern, bis es schließlich so weit ist, aber eines Tages werden Schnee und Prinz Trevor heiraten. Ich weiß es einfach.

Schnees Augen leuchten auf. »Ich werde kochen!«

»Du brauchst nicht mehr zu kochen, Schnee«, sage ich. »Du bist jetzt die Königin.«

»Ich weiß«, antwortet sie. »Aber ich koche nun mal gerne.«

Ich hoffe nur für Prinz Trevor, dass er auf Eintopf steht.

Kapitel 22

Zurück zu Gabrielle, Gabrielle

»Ach, ist das toll hier!«, ruft Tara, als sie die Eingangshalle des Schlosses betritt. »Hast du ein Glück, Schnee. Du hast ein Schloss und eine Verabredung zum Abendessen mit einem Prinzen.« Wehmütig sieht sie zu Jon hinüber.

Schnee nimmt Tara in den Arm. »Freut mich, dass es dir gefällt. Ihr werdet nämlich auch hier wohnen.«

»Wirklich?«, fragt Alan.

»Natürlich! Ich kann euch gar nicht genug dafür danken, dass ihr mir ein Zuhause gegeben habt, als ich in Not war.«

»Wir werden die Streifen entfernen müssen«, grummelt Frances. »Davon kriege ich Kopfschmerzen.«

Da taucht auf einmal Madeleine, das Dienstmädchen, hinter den Zwergen auf und schnalzt mit der Zunge. »Schon wieder renovieren?«

»O ja«, sagt Enid. »Wir brauchen auch kleinere Möbel. Können wir das Schloss rosa streichen?«

Als wir die Treppe hinaufgehen, bin ich plötzlich etwas nervös. Der Spiegel wird uns doch nach Hause bringen können, oder? »Das ist jetzt hoffentlich kein Betrug, oder? Da steckt nicht bloß ein alter Mann hinter dem Spiegel, der nur so tut, als wäre er allmächtig?«

Schnee schüttelt den Kopf. »Nein. Der Spiegel ist wirklich allmächtig. Wie kommst du denn darauf? Gibt es so einen alten Mann etwa in Smithville?«

»Nicht wirklich«, sage ich. Ich öffne die Tür zum Schlafzimmer der fiesen Elise und gehe direkt auf den Spiegel zu.

»Hallo, Gabby, Gabby!«, ruft Jonah.

»Wir sind wieder da. Gabrielle, Gabrielle, können wir jetzt nach Hause?«, frage ich.

»Natürlich könnt ihr das«, sagt sie.

»Ich freue mich so sehr für dich«, sage ich zu Schnee. »Alles ist gut gegangen. Sogar besser, als ich gehofft hatte.« Ich wende mich wieder dem Spiegel zu. »Kann Schnee dich denn befreien, jetzt, wo sie Königin ist?«

»Leider nein«, sagt Gabrielle mit Tränen in den Augen. »Aber danke, dass du fragst. Ich weiß das sehr zu schätzen. Doch jetzt ist es an der Zeit, dass ihr euch verabschiedet.«

Ich freue mich und bin gleichzeitig auch traurig. Alan umarme ich zuerst. »Danke für alles.«

Dann umarme ich Bob und Stan.

Dann Enid. »Bleib so rosa, wie du bist«, sage ich.

Dann Jon. »Und du bleib so gut aussehend.«

Als ich Tara in den Arm nehme, flüstere ich ihr zu: »Zeig Jon ruhig deine Gefühle«, woraufhin sie ganz rot wird.

»Du bist gar nicht so übel«, sagt Frances und nimmt mich als Nächstes in den Arm.

Dann schüttele ich dem Prinzen die Hand. »Sei gut zu unserer Schnee.« Ich muss schlucken, um nicht zu weinen.

»Tschüss, kleiner Mann«, sagt Prinz Trevor zu Jonah.

Ganz zum Schluss umarme ich Schnee.

»Werde ich euch wiedersehen?«, fragt sie.

Das Herz wird mir schwer. »Ich weiß es nicht. Ich hoffe.«

Wir drücken uns ganz fest.

Dann zerzaust sie Jonah die Haare. »Danke, dass du nicht zugelassen hast, dass die fiese Elise mich vergiftet.«

Vor lauter Stolz schwellt ihm förmlich die Brust. »Keine Ursache.«

»Na, dann mal los!«, grummelt Gabrielle. »Ich habe noch andere Dinge zu tun.«

»Sollen wir?«, frage ich Jonah.

»Ja«, antwortet er.

Ich nehme ihn an der Hand.

»Ihr anderen seht besser zu, dass ihr hier rauskommt, sonst verschwindet ihr nachher auch noch.«

»Lieber nicht«, sagt Frances. »Kutschen ohne Pferde? Wie soll das überhaupt gehen?«

»Viel Glück«, sagt Schnee.

Dann sehe ich, wie Tara Jons Hand nimmt. Jippie! Wir winken ihnen allen hinterher, während sie den Raum verlassen.

»Gabrielle, Gabrielle, weißt du zufällig, warum uns der Spiegel bei uns im Keller eigentlich hierher gebracht hat?«, frage ich.

»Da müsst ihr Maryrose fragen«, sagt sie.

»Wer ist Maryrose?«, fragt Jonah. »Ist Maryrose etwa in dem Spiegel bei uns im Keller?«

»Maryrose wird sich euch schon selbst vorstellen, wenn sie so weit ist.« Dabei lässt Gabrielle es bewenden. »Und jetzt wird es Zeit, dass ihr geht.«

Ich seufze. Ich will noch mehr wissen! Ich muss verstehen, was hier passiert ist! Aber jetzt in diesem Moment will ich eigentlich nur noch nach Hause. »Kommen die Möbel mit uns mit?«, frage ich. »Mama würde sich über das Himmelbett bestimmt sehr freuen.«

»Schnee würde sich bestimmt auch sehr darüber freuen«, antwortet Gabrielle. »Also hoffentlich nicht. Aber was eure Eltern angeht: Es ist sehr wichtig, dass ihr ihnen nichts hiervon erzählt.«

»Aber warum? Wir erzählen unseren Eltern alles.« Fast.

»Es ist zu gefährlich«, beschwört sie uns mit eindringlicher Stimme.

»Für wen?«, frage ich. »Für uns? Für sie? Maryrose?«

»Ich habe schon zu viel verraten«, sagt Gabrielle.

Und dann fängt unser Spiegelbild an, sich im Kreis zu drehen. Es dreht sich immer schneller und schneller und schneller. Und dann werden in dem Wirbel Gegenstände sichtbar: Ein Tisch. Umzugskisten. Unser Keller!

»Na dann«, sage ich.

»Worauf wartet ihr noch?!«, fragt Gabrielle. »Ich bin eine offene Tür. Kommt herein!«

Ich hole tief Luft und trete mit Jonah an der Hand durch den Spiegel.

Zack.

Wir sind wieder in unserem Keller.

Ich drehe mich herum und sehe den Spiegel an. Er ist still. Ganz normal. Ein ganz normaler Spiegel.

Als wäre nichts geschehen. Als wäre überhaupt nichts Merkwürdiges passiert.

»Hallo?«, frage ich. »Ist da jemand?«

Keine Antwort.

Es ist vorbei. Es ist wirklich vorbei.

Na ja, fast. Unser Keller ist das reinste Chaos. Die ganzen Jurabücher sind verschwunden. Und auch der Schreibtischstuhl ist weg. Ups.

»Was wohl passiert, wenn ich noch mal anklopfe?«, überlegt Jonah und hebt schon den Arm.

Doch ich halte ihn mitten in der Bewegung fest. »Wage es ja nicht!«

»Wir sind zu Hause«, jubelt er und läuft die Treppe hinauf. »Komm, wir erzählen es Mama und Papa!«

»Warte!«, rufe ich ihm hinterher.

Ich folge meinem Bruder die Treppe hinauf. Als wir oben ankommen, schließe ich leise die Tür hinter mir. Das Erdgeschoss ist von der Morgensonne durchflutet. Ich schlüpfe in die Küche und sehe auf die Uhr an der Mikrowelle. Es ist halb sieben. Genau wie auf meiner Armbanduhr. Also hatte ich recht. Hier ist die Zeit langsamer gelaufen. Es sei denn, es sind doch schon mehrere Tage vergangen?

Auf dem Küchentisch liegt das Handy meiner Mutter. Ich schaue auf die Datumsanzeige. Es ist der Morgen, nachdem wir verschwunden sind. Perfekt!

»Lass uns nach Mama und Papa sehen!«, ruft Jonah.

Ich nicke, aber lege mir dabei den Zeigefinger auf die Lippen. Wir schleichen uns die Treppe hinauf. Vorsichtig öffne ich die Schlafzimmertür.

»Ich will mich zu ihnen ins Bett kuscheln«, flüstert Jonah.

»Ich auch«, flüstere ich. »Aber wir stinken und tragen die Klamotten von fremden Leuten.« Und Sandalen. Ups, ich habe meine Puschen bei Schnee vergessen. Tschüss, Puschen, ich werde euch vermissen.

Jonah sieht an sich herab auf seine viel zu engen Sachen. »Oh, stimmt.«

»Mama und Papa würden außerdem bestimmt ausflippen, wenn wir uns mit zu ihnen ins Bett legen.« Ich schließe leise die Tür und gehe zu meinem Zimmer.

Jonah folgt mir und sagt: »Gute Nacht.«

»Guten Morgen«, sage ich und nehme ihn in den Arm. »Ich werde deine Füße in meinem Gesicht vermissen.«

Er lacht.

»Sch!«

In meinem Zimmer streife ich Schnees Schuhe ab, ziehe die dreckigen Sachen aus und werfe sie in den Wäschekorb. Dann ziehe ich einen sauberen Schlafanzug an und lege mich ins Bett. Ich habe noch dreißig Minuten, bis meine Eltern mich wecken, und die brauche ich dringend.

Kapitel 23

Vielleicht können sich Geschichten ja doch verändern

Kinder, aufwachen!«, höre ich. »Zeit für die Schule!«

Ich öffne die Augen. Ich bin in meinem eigenen Bett.

Juhu! Ich bin zu Hause! Ich bin zu Hause! Meine Armbanduhr und der Wecker stehen beide auf sieben Uhr.

Und ich frage mich: War das alles nur ein Traum?

Ich laufe zu meinem Wäschekorb. Darin liegen der zerknautschte Rock und das Shirt von Schnee. Und ihre Sandalen stehen vor dem Schrank. Es ist wirklich passiert! Es ist wirklich, WIRKLICH passiert!

Dann sehe ich mein Schmuckkästchen auf der Kommode stehen. Oh, da ist Schnee. Moment mal, sie trägt etwas Neues. Sie trägt ... meinen limettengrünen Schlafanzug! Das gibt es doch nicht! Wir haben ihre Geschichte wirklich verändert!

Schnell laufe ich zu Jonah ins Zimmer. Sein Wecker leuchtet zwar schon grün, aber er schläft noch tief und fest. Ich reiße ihm die Decke weg. »Es ist wirklich passiert! Es ist wirklich, WIRKLICH passiert!«

»Ich bin müde«, krächzt er. Dann schlägt er ein Auge auf. »Natürlich ist es passiert. Warum denn auch nicht?«

Als ich hinunter in die Küche laufe, sitzen dort schon Mama und Papa und trinken Kaffee und rascheln mit der Zeitung. Ich nehme sie beide gleichzeitig in den Arm. »Ich hab euch lieb!« Ich hoffe nur, sie brauchen die Jurabücher nicht mehr. Oder den Schreibtischstuhl.

Dann stellt Mama mir eine Schüssel mit Kellogg's Frosties hin. Juhu! Wie ich diese knusprigen Flakes vermisst habe! Nie mehr ekligen Haferschleim!

Da kommt Jonah in die Küche gerannt. »Mama! Papa! Wisst ihr was?«, schreit er. »Abby und ich sind mit fliegenden Krokodilen geschwommen!« Er rutscht auf seinen Stuhl. »Cool, was?«

Ich lasse meinen Löffel mit Frosties sinken und werfe ihm einen strengen Blick zu. Der Spiegel hat uns doch gesagt, wir sollen es geheim halten. Nicht, dass ich meine Eltern anlügen will. Aber wenn es sie in Gefahr bringt? Wenn uns das vielleicht *alle* in Gefahr bringt? Ich muss nachher mal ein ernstes Wörtchen mit ihm reden.

»Das hört sich ja sehr aufregend an, Jonah«, sagt mein Vater und zwinkert mir zu. Offensichtlich glaubt er Jonah nicht.

»Puh, Jonah«, sagt Mama. »Du siehst ganz schön schmutzig aus.« Dann schaut sie mich an. »Und du auch, Süße. Habt ihr nicht gestern Abend erst gebadet?«

Jonah nickt. »Doch, aber …«

»Wir haben im Keller nach etwas gesucht«, springe ich ein. »Und da war es sehr staubig.«

»Habt ihr denn gefunden, wonach ihr gesucht habt?«, fragt Mama.

»Oh. Ähm. Nein«, sage ich. »Aber dafür haben wir andere tolle Sachen gefunden.«

»Der Keller ist ziemlich vollgestopft«, meint mein Vater. »Wir sollten ein paar von den Sachen verschenken.«

Hust, hust. »Ähm, der Keller ist gar nicht so vollgestopft.« Jetzt jedenfalls nicht mehr.

»Na dann«, sagt Mama. »Ihr solltet beide besser noch duschen, bevor ihr zur Schule geht. Abby, du zuerst. Aber beeil dich, okay?«

Ich verputze die restlichen Frosties und dann umarme ich Mama. »Ich bin ja so froh, hier zu sein.«

Meine Eltern lächeln sich gegenseitig an. »Und wir sind sehr froh, das zu hören«, sagt Papa. »Ich weiß, der Umzug war nicht leicht für euch. Das kann manchmal ganz schön schwierig sein, wenn alles neu ist. Und anders.«

»Ich komme schon zurecht«, sage ich. Zwar ist es wirklich manchmal ganz schön schwierig, wenn alles anders ist, aber es ist nicht immer schlecht. Zum Beispiel bei Schnee. Ihre Geschichte ist jetzt anders, aber sie ist immer noch gut.

Und Smithville zum Beispiel. Unser Zuhause hat sich geändert, aber es ist immer noch unser Zuhause.

Und Versteinern ist immer noch Fangen – nur eine andere Art, Fangen zu spielen.

Okay, in Ordnung. Versteinern ist trotzdem noch komisch,

aber vielleicht kann es ja auch Spaß machen. Ich muss es wohl einfach noch mal ausprobieren.

Da drückt mein Vater mir sanft die Schulter und fragt: »Was willst du zum Mittagessen haben, meine Große? Sandwich mit Erdnussbutter und Banane?«

Alles, nur nicht Sandwich mit Eintopf. »Ja!«, nicke ich. »Aber schneide die Banane bitte in Scheiben.«

»Selbstverständlich!«

Ich probiere ja gerne neue Sachen aus, aber zermatschte Banane mit Erdnussbutter verrührt ist und bleibt einfach eklig.

Dann verlasse ich die Küche, um mich zu duschen und meine sehr dreckigen Zähne zu putzen. Ich kann mich gar nicht mehr daran erinnern, wann ich zum letzten Mal Zahnpasta benutzt habe. Doch als ich über den Flur gehe, höre ich ein merkwürdiges Geräusch und bleibe an der Kellertreppe stehen.

»Aaaaaaabby …«

War das mein Name? Soll ich hinuntergehen und gucken, was los ist? Ist das etwa Schnee? Will sie uns noch etwas sagen? Oder ist es Gabrielle? Oder Maryrose? Wer ist Maryrose? *Wo* ist Maryrose? Ob die in unserem Spiegel steckt?

Ich bin schon drauf und dran, die Kellertür zu öffnen, als meine Mutter aus der Küche kommt. »Was machst du denn da?«, fragt sie. »Ab mit dir unter die Dusche. Nicht, dass du noch zu spät zur Schule kommst.«

Ich lasse die Türklinke wieder los.

Heute Abend, beschließe ich. Heute Abend werde ich herausfinden, warum uns der Spiegel im Keller verschluckt und in einem Märchen wieder ausgespuckt hat.

Zischschsch.

Auf jeden Fall heute Abend.

Danksagung

Danke, danke, danke an: Laura Dail, Tamar Rydzinski, AnnMarie Anderson, Abby McAden, Debra Dorfman, Becky Shapiro, Jennifer Black, Lizette Serrano, Becky Amsel, David Levithan, Elissa Ambrose, Tori, Carly and Carol Adams, E. Lockhart, Lauren Myracle, Avery Carmichael, Courtney Sheinmel, Tricia Ready, Emily Bender, Aviva Mlynowski, Louisa Weiss, Larry Mlynowski, Targia Clarke, Anojja Shah, Lauren Kisilevsky, Susan Finkelberg-Sohmer, John und Vickie Swidler, Shari und Heather Endleman, Leslie Margolis, Meg Cabot und BOB.

Besonders herzlichen Dank und tausend Küsse an Chloe und meinen Mann Todd.

Was wohl passiert, wenn Abby und Jonah dem magischen Spiegel wieder einen Besuch abstatten? Weiter geht es in:

ABBY UND ASCHENPUTTELS GEHEIMNIS

RUCKEDIGUH, BLUT IST IM SCHUH!

Ich lande auf dem Hintern und schlage die Augen auf. Ich erwarte, Bäume zu sehen. Oder Waldboden. Das letzte Mal sind wir mitten in einem Wald gelandet.

Aber wir sind in keinem Wald.

Wo sind wir? Ich sehe nichts als Weiß. Und nicht Weiß wie Schnee. »Jonah? Alles in Ordnung?«

»Ich hab mich verheddert.«

»Worin?« Ich habe keine Ahnung, wo wir sind. Warum sehe ich nichts als Weiß um mich herum? Bin ich vielleicht in einem riesigen Berg Zuckerwatte gelandet? Ich strecke die Hand nach dem Weiß aus. Es ist pelzig.

Es ist ein Tier. Mist! Ich bin von einem Tier verschluckt worden! »Hilfe! Ein Tier hat mich gefressen!«

Ich versuche, mich vor dem Tier in Sicherheit zu bringen. Und bin auf einmal dabei, das Ding zu streicheln. Oh. Es ist ganz weich!

Es bewegt sich nicht. Ich stoße das pelzige Ding von mir und stehe auf. Das Fell hängt auf einem Kleiderbügel. »Ah, es ist ein Mantel!«

Ich sehe mich um. Wir sind umgeben von Mänteln. Moment mal. »Wir sind in einer Garderobe!«

Um uns herum sind ungefähr hundert Mäntel. Ledermäntel. Wollmäntel. Pelzmäntel. Hüte. Schuhe. Umhänge.

»Sind wir in der Reinigung gelandet?«, fragt Jonah.

»Ich glaube, wir sind in einem Schrank. In einer Garderobe«, sage ich. Die Tür ist nur angelehnt, und durch den Spalt fällt etwas Kerzenlicht herein.

»Ich wusste gar nicht, dass Schnee so einen großen Schrank hat«, sagt Jonah.

»Ich auch nicht. Hmm. Was ist das für ein Geräusch? Ist das Musik?«

Jonah nickt. Wir hören Trommeln und Trompeten. Tanzmusik. Sind wir etwa auf einer Party?

Da wird die Schranktür von außen geöffnet. Ein dünner, junger Mann in purpurroter Uniform hält einen grünen Wollmantel in der Hand und nimmt einen Kleiderbügel von der Stange.

Schnell ducke ich mich, aber zu spät.

»Was macht ihr da?«, schreit er.

»Weiß nicht?« So wie ich es sage, hört es sich an wie eine Frage.

»Ich hoffe, ihr klaut keine Mäntel!«, ruft er. »Ich stehe kurz vor der Beförderung und kann mir keinen Fehler leisten!«

»Wir klauen keine Mäntel, ich schwöre es«, versuche ich ihn zu beschwichtigen.

»Wir sind wegen Schnee hier«, fügt Jonah hinzu.

Der Typ blinzelt verwundert mit den Augen. »Es schneit? Dann muss ich wohl die Treppe streuen.«

»Nicht Schnee wie das Wetter«, erklärt Jonah, »sondern Schnee, die Person.«

Der Typ schüttelt den Kopf. »Schnee ist ein Name?«

»Ja«, sage ich. »Schnee ist doch die Königin!« Wer *ist* dieser Typ bloß, dass er das nicht weiß?!

Er hängt den grünen Mantel auf. »Clarissa ist die Königin von Flaum.«

»Flaum?«, wiederhole ich.

»Ja, Flaum.«

»Wir sind in Zamel«, sage ich.

»Nein«, sagt der dünne Kerl und zupft an seinem Ziegenbärtchen. »Flaum.«

»Reimt sich auf Raum«, meint Jonah.

»Und Traum«, sagt der Typ. Er betrachtet uns argwöhnisch. »Ihr seid nicht von hier, oder?«

»Wir wohnen in Smithville«, erkläre ich.

»Ist das weit weg?«, fragt er.

»Ungefähr einen Spiegel entfernt«, murmele ich. »Und hier gibt es wirklich kein Schneewittchen? Wo sind wir denn dann? Vielleicht in einem anderen Märchen? Sie sagten, die Königin heißt Clarissa?«

»Und der König heißt Eugen. Und der Prinz Jordan.«

»Gibt es auch eine Prinzessin?«, frage ich.

»Noch nicht. Aber wir hoffen natürlich, dass sich das bald ändert. Wie alt bist du, neun?«

»Zehneinhalb, vielen Dank auch.« Hmpf. Ich will mich an ihm vorbeidrängen, aber er stellt sich mir in den Weg.

»Was macht ihr hier?«, fragt er. Er mustert mich von oben bis unten. »Bist du die Hofnärrin?«

Ich laufe knallrot an. »Nein, bin ich nicht!« Ich hätte mir das mit dem Schlafanzug doch noch einmal überlegen sollen.

»Nun, du bist zu jung, um zu heiraten.«

»Ach was.«

Da kommen eine Frau und ein Mann in Schafsfellmänteln auf den Garderobier zu. »Lauft nicht weg«, sagt der Typ zu uns. »Ich muss den beiden kurz helfen.«

Wo sollten wir auch hingehen? Wir stecken in einem Kleiderschrank fest.

Er verneigt sich vor dem Paar. Der Mann trägt unter dem Mantel einen Smoking und sie ein langes Seidenkleid.

Wir sind also wirklich auf einer Party. Einer sehr schicken Party.

»O Gott, wir sind auf einer Party gelandet, und ich habe einen Schlafanzug an!«, sage ich zu Jonah. »Wie peinlich. Vielleicht bleibe ich besser im Schrank.«

»Glaubst du, es ist eine Hochzeit?«

»Möglicherweise.«

»Oder eine Konfirmation?«

»Kann sein.«

»Oder eine Bat Mitzwa?«

»Ich weiß es nicht, Jonah.« Ich werde meine Bat Mitzwa feiern, wenn ich zwölf bin. Aber so schick wie das hier wird die Feier bestimmt nicht.

Ich spähe aus dem Schrank und betrachte die Frau, während ihr Begleiter dem Garderobier ihren Mantel reicht.

Apropos schick. Ihr Kleid besteht aus glänzenden Perlen und glitzernden Pailletten und hat offenbar einen riesigen Reifrock darunter.

Die Frau trägt ein Ballkleid! Was bedeutet, dass wir auf einem Ball gelandet sind.

Ein Ball! Wir sind auf einem Ball! Das ist ja der Wahnsinn! »Jonah! Sieh dir das Kleid an! Weißt du, was das bedeutet?«

»Dass du nicht richtig angezogen bist?«

Ich winke ab. »Du trägst ja auch nicht gerade einen Smoking. Aber abgesehen davon. Wir sind auf einem Ball. Denk nach. Wo gibt es einen Ball?«

»Ich habe einen Fußball. Ich glaube, er liegt irgendwo im Garten, aber ...«

»Nicht so ein Ball, Jonah. Ein Ball-Ball. Eine Ball-Party. Wir sind zwar durch den Spiegel gegangen, aber wir sind nicht in Schneewittchens Geschichte. Wir sind auf einem Ball, und es gibt einen Prinzen. Einen Prinzen, der eine Prinzessin sucht. Wir sind in ...«

Jonahs Augen leuchten auf. »Afrika? Auf dem Mars? Im Buckingham Palace?«

Ich lächle. »Nein, Jonah. Wir sind in *Aschenputtel.*«

ISBN 978-3-453-31455-9